Tuch

De Aeschyli Figurata Elocutione

Antigonos

Tuch

De Aeschyli Figurata Elocutione

Unveränderter Nachdruck der Originalausgabe von 1869.

1. Auflage 2024 | ISBN: 978-3-38613-668-6

Antigonos Verlag ist ein Imprint der Outlook Verlagsgesellschaft mbH.

Verlag: Outlook Verlag GmbH, Zeilweg 44, 60439 Frankfurt, Deutschland, info@outlook-verlag.de
Vertretungsberechtigt: E. Roepke, Zeilweg 44, 60439 Frankfurt, Deutschland
Druck: Libri Plureos GmbH, Friedensallee 273, 22763 Hamburg, Deutschland

Programm

des

Gymnasiums zu Wittenbe

Ostern 1869

womit

zu der öffentlichen Prüfung der Schüler

am 19. März Vormittags 8 Uhr

und

zur feierlichen Entlassung der Abiturienten

Nachmittags 3 Uhr

ehrerbietigst und ergebenst

einladet

Albert Rhode,

Director des Gymnasiums.

———

———

Wittenberg 1869.

Druck von Bernhard Heinrich Rübener.

De Aeschyli figurata elocutione.

Quaerentes, quae causae efficiant, ut poetae nos tantopere delectare et commovere po
facillime cognoscemus, hac in re plurimum valere et rerum, quae in carminibus tract
copiam et sermonis verborumque elegantiam atque ornatum. Etenim apertum est, tum de
poetam se praebere egregium, quum intellexerit, de re aptissima ornate copioseque se di
Quis enim neget, vel optime cogitata et res gravissimas, ut ita dicam, frigere, nisi ita expi
sint, ut etiam sermone ac usu dicendi audientium animos alliciant. Quae quum ita sint pe
eiusque artis antistitis est, studere, ut non solum quadam rerum et sententiarum copia
etiam splendore eniteat animisque hominum ab omni parte satisfaciat; atque his concessis
curatius disquirendum est, quomodo ille poetarum sermo atque usus dicendi tantopere
movere possint auditorum animos. Quamquam enim iam verborum numerose cadentium d
sonus voluptate nos perfundit et incitat, ut libenter versemur in carminibus poetarum audie
legendisque, tamen altius causa nobis repetenda esse videtur, qua fieri potuerit ut non s
sententiarum abundantia, sed etiam orationis splendor nos quasi secum auferant et sub po
potestatem redigant.

    Nonne ei quasi obnoxii modo laetitia exsultamus modo timore luctuque correpti t
damus? Quaecumque ille dixit, iam dudum quidem nos per caliginem quasi vidisse, nunc
primum e tenebris eruta et in clariorem lucem producta, perspecta ac cognita nos hai
nobis persuasum est; poetae enim magna sui ingenii vi sententias ita exprimunt, ut non s
perspicuae fiant, sed etiam, quas cogitatione res depingant, verae esse videantur. Quod
illi maxime eo efficiunt, quod sententias ac cogitata illustrant copia exemplorum et imagi
quae modo aptissime efficta sint, auditores eo perducunt, ut quas nunc audiant sente
probatas esse pro certo habeant. At alia quoque causa poetae commoventur, ut quas dic
imaginibus utantur; etenim quum non tam utilitati quam pulchritudini operam navent, valde
vendum est, ne credamus, illos id solum agere, ut his sermonis quasi luminibus bene cog
plana faciant, immo maxime student, iisdem illustrare atque ornare orationem. Qua i
optimo cuique poetae maxima adhibenda est diligentia, ut carminum sermonem perpolia
perficiat, quamquam inter omnes constat, in artificum operibus maximi esse indolem,
deorum ipsorum donum illos vates reddit et novi pulchriorisque mundi creatores. Qua in
nandi vi praediti non possunt, quod ad rerum copiam ac varietatem attinet, plane fere non
horrere a communis sensus consuetudine, ita ut, quae sit eorum indoles, statuant, o
rerum genera divino quasi vinculo coniuncta animo esse repleta. Qua de re consentiunt
populi ipsius sensu, qui ex antiquo etiam tam iis, quae omni animo carent, quam bestiis ani
ac mentem addere et, id quod cuiusvis populi sermo satis superque nos edocet, hanc op

nem verbis fabulisque exprimere solet. Qui enim aliter explicandum est, plurima verba ab initio pertinere quidem ad ea, quae sub adspectum veniant, et postea demum translata esse ad res caecas et ab aspectu remotas? Poeta igitur, sive animos mentesque hominum excita-turus sive tantum operibus suis ornatum additurus utitur studio quodam hac translationum copia, quam ipsi sermo popularis suppeditat, eam insuper exaggerans imaginibus ac permultis similibus, quae aut ipse nova paruit, aut sua fecit ab aliis imaginandi artificibus efficta. Qua ex abundantia fere translationum et imaginum tempori et populi moribus atque ingenio, quorum quasi est interpres, assentiens summa diligentia et intelligenti iudicio eas elegit, quas ad res illustrandas et sermonem ornandum aptissimas habet. Huc accedit, quod, ut par est, meta-phoras quas dicimus, plerumque adscivit earum rerum, quarum notitiam sibi accuratissimam per vitae cursum ipse paravit. Et revera perlustrantes copiam imaginum, quibus poeta aliquis utitur, certe mox animadvertimus, quo magis delectatus sit aliquo rerum genere, eo magis eum copiam imaginum et translationum inde traxisse. Qua in re diiudicanda opus est magna cau-tione. Etenim quum non solum quotidianus sermo poetae subministret materiam uberrimam sed etiam quos sequitur prioris aetatis autores, facile est intellectu, eum tam saepe per im-provisum quasi illas adhibuisse quam de consulto novas effinxisse aut iam divulgatis usum esse.

Praeter hanc vero difficultatem quam iam ipsi commemoravimus, alteram superare debe-mus. Translationes enim, quibus poetae sive de industria sive consuetudinem sermonis tantum secuti orationem exornant, quum saepius non perpolitae et confectae non tam exprimant ali-quam rem, quam affectent similitudinem quandam eamque levem vel imitationem tantum surripiant, in quoque iis diiudicandis maxima cautione carere non possumus, ne a vero longius aberremus. Itaque quum nobis propositum sit, de Aeschyli figurata elocutione disserere et, quas apud eum invenire potuimus, imaginibus collectis rationem ac normam statuere, quam secutus hanc illamve rem adsciverit ad ornandum et illustrandum sententias et sermonem, fieri non potest, quin timore maximo afficiamur, ne aut imagines credamus, quae tunc temporis iam ad quotidiani genus sermonis accesserant, aut ab Aeschylo ipso partas, quae iam antea a populo vel poeta aliquo veterrimo inventae atque dictae sint. Res sane ardua, maxime in tanta librorum iactura, quum etiam nos qui locupletissima lingua utimur, saepissime de prima eius verborum notione ac vi dubitare cogamur. Nihilominus ipsa rei difficultas incitat animum, eoque minus proposi-tum ommittendum est, quo magis sperare licet, fore ut a recta via aberranti mihi venia detur. Itaque collegi et quae in Aeschyli tragoediis insunt imagines et translationes, quas quantum videre potui Aeschylus non ex sermonis consuetudine vel ex copia priorum poetarum mutuatus est, sed sua imaginandi facultate ipse effinxit; at metaphoras quidem, quippe quum reliquiae quasi vel lineae imaginum sint, eodem modo quo proberbia orta esse ex fabulis nobis per-suasum habemus, haud iniuria illis expressis ac perpolitis imaginibus addidisse mihi videor. Quibus in ordinem redactis atque perpensis fortasse certi aliquid statuere poterimus de Ae-schyli moribus vitaque et de ratione eius sermonis. Non solum enim ex imaginibus, quoad insignes sunt audacia, vel se novas praestant, vel accuratissime res exprimunt, quas imitantur, vel denique leviter similitudinem attingentes frigore quasi laborant, sed etiam ex generibus rerum, unde repetitae sunt, vel ex studio, quo in iis deformandis poeta versatur, coniecturam facere possumus de eiusdem moribus atque indole, neque audacius esse videtur contendere, quum maximum comparationum numerum ex iis rebus eum traxisse, quas per vitam accuratius per-pexerit, quisquis sane concedat, inde cognosci posse, qualem vitae cursum tenuerit. Et Aeschyli quidem perlustratio nos ab utraque parte valde iuvabit, quippe quum abundet novis isque audacissimis translationibus at simul contrahat et coerceat eas res, unde imagines petierit. Tali autem modo factum est, ut iisdem diligenter examinatis mores indolemque poetae per-

spicere possemus. Maxima parte illae haustae et libatae sunt ex rebus, quae sensus fe
aeque ac apud alios poetas Graecos qui eas intentis oculis, ut aiunt, contemplari atque i
animum intendere solebant, quamvis liberi essent nimio illo desiderio naturae, quo a
poetae nostrae aetatis, et carerent admiranda facultate hominum, qui excellunt naturae
ratissima perscrutatione. Quantum tamen laetitiae et voluptatis ex naturae contempla
Graeci perceperint et quanta animi vi eam perspexerint, non minimum ostendunt t
lationes, quamquam negare non possumus, raro tantum quum omnes Graecorum poetas ve
in describendis naturae rebus, tum Aeschylum eiusmodi sermonis ornamenta eo tantum co
adhibuisse videri, ut terrorem facinore aliquo excitatum magis magisque augeret. Cuiu
luculentum exemplum invenitur in Promethei vers. 1047—56. Prometheo ne gravissimis
dem Jovis minis concusso exortam esse fingit poeta maxime terribilem tempestatem: co
et mare miscentur, terra movetur, caligo crassa et omnia tegens multis fulguribus perrum|
simul autem audiuntur tonitrua, imbres cadunt et vento arenae ad coelum usque tollu
Quid iam mirum est, si in tanta rerum conversione etiam Titani animus metu repletur eiu
pertinacia frangitur? Eodem modo saepius poeta tempestates et naturae terrores con
ad animos flectendos, ut in Suppl. v. 33—36, in Choeph. v. 275, ubi splendidissime mala de
buntur, quae Graeciam invasura sunt Apollinis mandatis neglectis. cf. Choeph. v. 579-
Ag. 179 et 632. Jam vero quum eiusmodi descriptiones haud ita paucae sint, eo magis m
debebis, ne unam quidem inveniri mitioris illius generis, cuius formam et speciem Sophc
in tragoedia, quae inscribitur Oedipus Coloneus, effinxit gloriam suae ipsius patriae verbis
aggerans. Quod sanc est Aeschyli proprium; pro sua animi magnitudine et severitate
neglexisse videtur homines afflictos solari et dolore, quo erant affecti, leniendo erigere.
quum ita sint, facile concludere possumus, Aeschylum studuisse, imagines quoque metaphora;
repetere quam plurimas ex procellis similibusque, quae maximos terrores animo iniiciunt et qu
quam animadvertimus etiam lenem auram interdum non reiectam esse, tamen maior est num
translationum, quae terribilia deformant. Et quidem rei conveniens est, ut imagine procella
effingantur plerumque res adversae, quae homines torquent turbantque. Huc pertinet freq|
usus verbi χειμὼν cf. Prom. v. 644., Ag. v. 649., Suppl. v. 167 et prae ceteris Choeph. v. 1
τρίτος αὖ χειμὼν πνεύσας γονίας ἐτελέσθη, ubi miseria ex familiae stirpe coorta intellig
est. (Cf. Todtii commentationis de Aeschylo vocabulorum conditore, quae Halae prodiit a. 1
p. 10.) Similis est vis, quam habent verba χειμάζεσθαι in Prom. v. 562, (quode conferendus
Lobeckius in Phrynicho p. 271.) δυςχειμέρους ἄτας in Choeph. v. 271, et si Blomfieldii exp
tionem sequimur δύςχιμος in Pers. v. 562. Porro pestis impetus similis est procellae in I
v. 716 et sic saepius.

Auram vero lenem ac nautis secundam praebere Atheniensi maris haud ignaro imag
ad indicandas res felices atque hominibus faventes, eosque post tot discrimina rerum pr
quentes ad portum securum, discimus ex tractatione verbi οὐρίζειν et quae sunt eiusdem
tionis cf. Choeph. v. 316, Pers. v. 605: τὸν αὐτὸν ἀεὶ δαίμον' οὐριεῖν τύχης, Prom. v.
ubi κατουρίσας optime ab Hermanno restitutum esse videtur, Choeph. v. 864, 'Eum. v. 13
quae disseruit Blomfieldius ad Spt. v. 687; eandem fere vim habet vox ἐπιφορὸς in Choepl
813. Neque tantum res miseriam aut laetitiam ferentes hac venti imagine exprimuntur
quaecunque copia impetuque insignes sunt; cuius significationis potissimum sunt vocabula 1
et quae inde deducta sunt ἐπιπνέω, καταπνέω, πνοὴ, πυρπνόος, πνεῦμα. Reperiuntur au
apud Aeschylum venti divitiarum (Ag. v. 820), belli (Spt. v. 63), gratiae (Ag. v. 1206) e
metonymia in Spt. v. 344 ἐπιπνεῖ "Αρης. 'Ηγεμὼν vero συμπνέων τύχαις est dux, qui ae
mente perfert casus fortunae. Quarum translationum copia tanta est adeoque ad g

quotidiaui sermonis accedit, ut eas omnes afferre vel pluribus verbis de iis disserere supervacaneum sit atque satis habeam me commemorasse πυρπνόον βέλος, quod pro fulmine dictum est, et Πειθὼ μολπὰν καταπιείουσαν cf. Spt. v. 344, Ag. v. 188 et alibi. Quod saepissime ad animi affectiones traducitur vocabulum πνεῦμα admirationem nostram non magis excitat, quam si alibi dicitur, furore, ira, angore similibusque quasi procellis homines agitari. Itaque his praetermissis statim progredimur ad Agamemnonis v. 1137—42, ubi vaticinium cum procella comparatur, quum maria turbans undasque ingentes excitans ab omnibus eodem modo conspiciatur, quo vaticinium; quo maiora enim mala hoc praedixerit eo facilius cognosci, vera an falsa praedicta sint: Utrumque igitur vaticinium et procellam ad postremum ,in claram lucem proruere.

Quibus perpensis haud dubie apparet, quantopere Aeschylus ex hoc rerum genere imagines repetere studuerit, praesertim quum saepius ipse ventorum impetum atque maris pericula expertus esset, quem tradunt iam iuvenem proelio apud Salamina facto interfuisse et postea ter in Siciliam profectum vento atque undis exercitum exagitatumque esse. Hinc porro explicandus est magnus numerus imaginum et translationum, quas ei mare et ars navigandi suppeditavit tauta varietate et ubertate, quantam vix alius poeta assecutus est: Adhibuit autem Aeschylus saepissime verbum κῦμα exprimendae abundantiae alicuius rei, cui periculum subiunctum est, ut in Prom. v. 888, Ag. v. 1141; verbum ὀχλέω proprie dictum de ventis, qui undas excitant, dicitur in Prom. v. 1005 de Titano, qui Mercurio respondens: turbas, inquit, me quidem ut ventus undas, allocutus me, at frustra tamen turbas, nam numquam me commovebis, ut quae sciam, tecum communicem et a proposito deflectar. Pari modo tractantur ductus et undae irae huc illucve fluctuantis (cf. Spt. v. 108, 1063, Eum. v. 818), gloriosi sermonis (in Spt. v. 424), miseriae (in Prom. v. 1019: ἡ τρικυμία κακῶν) et similia. Aptissimam comparationem effinxit poeta in Pers. v. 88—91, ubi chorus ait: Persarum classem similem esse undis, quibus Graeci resistere non possint, quantovis virorum flumine (ῥεύματι ᾳώτων) eas coercere conantur. In Spt. versibus 107—9 undae pares vocantur animo perturbato, ut alibi mare sedatum exprimit animi quietem. Cf. praeterea quae leguntur in Spt. v. 776 πόλις δ' ἐν εὐδίᾳ et in Ag. v. 712 φρόνημα μὲν νήνεμον γαλάνας. His annumerandae sunt porro translationes vocabuli ἡ ζάλη ad Typhoeum in Pr. v. 371, ad aestum in Choeph. v. 684, si ei non praeferimus, quod libri habent, vocab. καλῆς. Ceterum similis est significatio eiusdem vocabuli apud Sophoclem in Aiacis v. 351. Praeterea inveniuntur mare miseriarum in Prom. v. 747, cf. Eurip. Hippol. v. 822, vorax furoris in frgm. 456; ἄβυσσος quale est mare vocantur opulentia in Spt. v. 923 et obtutus in Suppl. v. 1030. Neque minus quam impetum undarum et procellarum sensit poeta earum clangorem strepitumque et in iis similitudinem multarum rerum perspexit; sic ut alias omittam, dicitur in Ag. v. 991: ὑπὸ σκότῳ βρέμει θυμαλγῆς καρδία, in Choeph. v. 452 στάσις ἐπιρρόθεῖ, in Spt. v. 173: διερρόθησατ' ἄψυχον κάκην, licui ignaviam iniicere, in Spt. v. 7: πολύρροθα φρυίμια sunt cantilenae a multis decantatae et in Pers. v. 457: ἐξ ἑνὸς ῥόθου est uno impetu. Eiusdem generis sunt translatae voces καναχῆς (Choeph. v. 145 δάκρυ καναχές) et καχλάζω; effigiem vero expressam procellarum praebent Sept. v. 739 et seqq. Urbs in dies magis multifariis malis turbatur, quae undarum instar fato excitatae ipsae novas gignunt. Contra hoc periculum „ad breve tempus munimentum praebet in bellis turris." Praeterea etiam mutum piscium genus luculenter, ut ita dicam, loquens inducitur, probans quodommodo, poetam saepe per mare vagatum ad eos quoque animum intendisse. Cuius rei testes sunt muraenae mortiferae, quibuscum comparantur scelesti homines, qualis est Clytaemnestra in Choeph. v. 996. Saepius thynni commemorantur, quos poetam oblectamenti causa persecutum esse, valde probabile est. Etenim respectis iis,

quae Blomfieldius congessit ad Pers. v. 430, ubi similes vocantur thynni Persis, quoniam u
que catervatim per mare navigantes facillime lignis concussi et contusi occidantur, appa
accuratissime poetam horum piscium naturam cognitam habuisse, quod affirmatur etiam fr
307, homo enim laboris dolorisque perpetiens dicitur similis esse muto thynno.

Alia huius studii vestigia comprehenduntur in pluribus versibus, quibus ars pisca
accuratius describitur; sic in Ag. v. 343—45 alloquitur chorus noctem, quae retibus conie
Troiam captam teneat, ut nemo effugere possit servitutis necessitudinem. Alibi attribuitur f
lunae rete (in Prom. v. 1082) et Agamemnonis vulneribus dilaceratum corpus comparatur c
reti, cuius imagine effingitur fatalis illa vestis, quae eum impedivit, quominus occisores eva
ret cf. Ag. v. 835 et 1342. In Choeph. v. 500 dicuntur liberi similes esse cortici ex arborib
idem officium praestantes parentibus, quod piscatoribus suber rete ducens et a mergendo cohibe

Quibus imaginibus multas alias addere possem, si non amissae essent illae Aeschyl
fabulae, quae inscriptae erant: Δικτυουλκοί et Πρωτεύς. Jam vero, quas in manibus tenem
fabulae maxima documenta edunt, saepe et magno studio hac in re versatum esse poeta
qui quidem non solum permultas inde peteret similitudines sed etiam describeret praecl
modo accuratius mare et pericula nautis imminentia cf. Prom. v. 1047 seqq. Ag. v. 139
632 et in Suppl. v. 734 appulsum navium ad terram. Cum navi saepissime comparatur r
publica; quod simile etiam ex nostra consuetudine est, ita ut ὁ πρυμνήτης regem significet
Eum. v. 16 et 735 et in Spt. v. 742, vel tota urbs πρύμνα vocetur; quum puppis quasi ca
navigii habenda sit, aptissime in Suppl. v. 958 restituit Hermannus vocabulum ἐν πρύμνῃ,
telligendum autem est, quod intimo ac pleno quasi animo facere debemus. In Suppl. v. 776 et s
urbs dicitur incolumis par esse navi, quae sedato mari secundisque ventis cursum suum ten
atque eiusdem fabulae versus 190—92 docent, civitatem periculis oppressam non magis s
vari posse a rege incerti animi quam navem procellis atque undis iactatam a gubernatore c
silii experte, peritissimum vero gubernatorem (intelligendus est Eteocles) suam patriam, etiar
pericula maxima immineant, in portum securum adducturum esse; et Clytaemnestra in
tumida oratione (cf. Ag. v. 865), qua salutat effervescentibus et abundantibus verbis suum n
ritum, eum appellat σωτῆρα ναὸς πρότονον et paullo post γῆν φανεῖσαν ναυτίλοις παρ' ἐλπί

Audacia insigne est porro quod invenitur in Ag. v. 1586: νερτέρῳ προσήμενος κώ
quo ii exprimuntur, qui alicuius imperio subditi sunt aeque ac praepotentes sunt ii, qui
mediis transtris sedes habent cf. Sophoclis Aj. v. 1091 et Aeschyli Spt. v. 634. Q
dii et reges gubernatores vocentur (cf. Prom. v. 149, Ag. v. 170 et 482) non absonum
videtur, quas illi regant, hominum vitam et fortunam, cum navibus et navigio comparari,
que in Ag. v. 971—80 enarrat chorus, vitam humanam similem esse mercatori per mare
viganti, qui navi ex inopinato arenis illisa cogatur, aliquantum oneris e nave eiicere, ne
cum illa pereat; sic autem hominem quoque oportere sua sponte saepe commoda multa
pernari, ut partem eorum sibi servet sufficientem ad vitam continuandam. In Suppl. v.
efficta est navis miseriis et luctu repleta (cf. Suppl. v. 514) et in Eum. versu 542 impii p
imagine naufragi, quem, quum vento undisque oppressus in summo rerum discrimine supp
verit, diu ab ipso neglecti dii irrident; sic quoque improbi, quamvis potens sit, felicitatem
fragium facturam esse ad scopulum iustitiae et fractum iri, ipsum autem nautam interitu
esse a nullo defletum. Neque aliter interpretari possumus similes imagines, quae insu
Eum. v. 545, (quocum conferas Soph. El. v. 335, Ant. v. 715) Prom. v. 185. 517. Alibi des
poeta fabulam de Orco divulgatam, ut in Spt. v. 671, ubi vita defunctus Cocyti undas
pervehitur et in Ag. v. 482 morem nautarum, ex quo naves noctu ancoris ad ripas all
Quocum optime congruit, si hominum vita cum itinere per mare factum comparatur, qua

ne usa Atossa, Persarum regina, in Pers. v. 605 effingit animum hominum inter timorem et
em fluctuantem exemplo nautarum, qui quamquam vix mortis pericula evaserunt, tamen, ubi
elum iterum serenum factum est, sperant, fore ut navis in posterum secundo vento propulsata
egra ad portum perveniat. Neque minus prudenter illustratur opinio, probum cum improbo
niunctum una cum hoc interiturum esse imagine boni viri, qui una cum malefico navem
ascendens mari devoratur cf. Suppl. v. 583, Choeph. v. 291, Horat. carm. III, 2. 26. Deni-
e annotanda sunt quaedam vocabula, quae proprie ad rem navalem pertinentia postea ad
as res translata spectatores excitant ad similitudinem navium. Quorum est mens gubernator
gitationum vocata in Ag. v. 768; arbitrium vero cylindri simile est, quo navis in mare dedu-
ur in Suppl. v. 423; consilio enim capto in eo est, ut homo in periculosum mare sese in-
at. Audacissime dictum est in Choeph. v. 385 $\dot{\eta}$ $\pi\varrho\dot{\omega}\varrho\alpha$ $\varkappa\alpha\varrho\delta\iota\alpha\varsigma$ et ibidem in v. 671 $\pi o\varrho\vartheta$-
$\dot{\omega}$ $\dot{\epsilon}\varphi\dot{\epsilon}\tau\mu\alpha\varsigma$; porro in eiusdem fabulae v. 198 chorus ait, quum nesciat, quid sibi sit facien-
n, se esse similem nautis ventis et fluctibus iactatis. Ut saepius consilia hominum cum
nis ita quoque comparantur in Spt. v. 583, Choeph. y. 291 amicitia et inimicitia, distra-
ntes animos hominum, cum remis, qui navem in diversam partem propulsantes eam impe-
nt, quominus cursum conficiat. Quod vero dicitur luctus quoque remis uti, id sane explicari
et inde, quod veteres moerore oppressi sibi genas pectusque dilacerabant. Vide Pers. v.
15, Spt. v. 832 et 837, ubi Hermanni auctoritatem secuti pro certo habemus, comparatos
e moerentes homines „cum tristi ac funesta illa navigatione, qua perpetuo per Acherontem
valem nigram viam transit ad omnes recipiens ignotum litus." Huc pertinet praeterea voca-
um $\pi\iota\tau\nu\lambda o\varsigma$ in Pers. v. 918, quod transfertur ad Persas, qui uno impetu morti obviam eunt.
non solum pericula maris ac navigationis cognovit Aeschylus sed etiam hilares, ut ita dicam
agines effinxit; etenim non semper nauta, ne undis obruatur partem opum, quas secum
et, proiicit, immo saepius in portu salvam collocat navem et ipse opulentus et integer in
riam redit; cuius exemplum est Agamemno post multos labores tranquillam vitam nactus cf.
v. 482 et Pers. v. 149, ubi haec leguntur: $\dot{o}$ $\lambda\iota\mu\dot{\eta}\nu$ $\pi\lambda o\dot{\nu}\tau o\nu$ et $\dot{o}$ $\lambda\iota\mu\dot{\eta}\nu$ $\dot{\epsilon}\tau\alpha\iota\varrho\epsilon\iota\alpha\varsigma$. Nobi-
sima huiusmodi imaginum invenitur in Choeph. v. 647: Orestes enim: ancoras, inquit, demittit
tor in domum, iam iam maris pericula superata sunt. Quibus, ut quisque concedet, non
ius aptissimis quam poeta dignissimis subjungam nonnullas translationes audaciores quam
ne nos delectare possint: Jo ab oestro exercita comparatur cum navi remis concitata,
metheus autem ad saxum artissime vinctus quasi ad ancoras deligatus est. Sed finem
iamus, quum satis superque ostendisse mihi videar, elocutionem Aeschyleam abundare
usmodi translationibus et quasi redolere peritissimum nautam. Attamen noli credere, Ae-
ylum ad mare solum animum intendisse; nam per totam naturam, quaecumque adspectu
tiantur, eorum nihil fere eum effugisse ostendunt similitudines permultae, quas apud
n reperimus. Audivit vero non solum fremitum venti vel vidit turgidum mare, sed etiam
nubes imbribus modo agros irrigantes modo fulmine homines perterrentes, oculos
iecit ad fluvios fontesque consedit eorumque leni strepitu gavisus est, quatumvis calor
frigus eum cruciaverit. Cuius rei testimonia edunt permultae imagines in fabulis Aeschyleis
ctae. Ut vero ab igne incipiamus, huic tam similia sunt furor in Ag. v. 125 et oestri
nus, quam curae pectus hominum cruciantes in Spt. v. 272; igne probata est prudentia cf.
eph. v. 598, fulgent et accendunt auditorum animos verba et oculi in Spt. v. 269 et in
m. 255 neque aliter intelligi possunt ardens desiderium (cf. Suppl. v. 80) et vir fulgens
inis in Spt. v. 419, quocum conferendus est Soph. Aj. v. 1088.
Miri aliquid inest in verbis, quae leguntur in Pers. v. 390 $\sigma\dot{\alpha}\lambda\pi\iota\gamma\xi$ $\dot{\epsilon}\varkappa\epsilon\tilde{\iota}\nu\alpha$ $\dot{\epsilon}\pi\dot{\epsilon}\varphi\lambda\epsilon\gamma\epsilon\nu$ et
Ag. v. 925, ubi quin etiam mare extinguitur i. e. exhauritur. At quamvis saepe Aeschylus

eiusmodi metaphoras tractaverit tamen omnes paeqe nihil novi habent; ideoque sufficit
commemorasse praeter eas quas iam attuli, ardentem morbum in Prom. v. 598 atque ea
quae valent torrere vel fervere, ut αὖω, τήκω, κατασκέλλω, ἰσχναίνω, ζέω, quae saepis
ad alias res transferuntur. Etenim sive loquitur de sententiis virorum urentibus (in Prol
598), sive de vultu, qui dolore quasi accenditur (in Prom. v. 147, cf. praeterea Eum. v.
Prom. v. 482 et alios), sive denique furores vel uudam ait fervere, concedendum profecto
ea omnia non pluris esse, quam si alibi disserit de animo, quem amor calefacit et tor
ut in Agam. v. 590 et 651. Quamquam igitur sine dubio Aeschylus ipse has imagines effi
tamen hac in re multo superatur a Sophocle. Quod ut intelligas, conferas nobilissimos
Aiacis versus 96 et sequentes, ubi exprimitur superbia inimicorum Aiace dormiente in
aucta igne, qui per ventosos saltus flagrans totam denique silvam corripit et delet incen
Quae imago profecto non minus insignis est verborum ornatu quam ratione, qua accuratiss
res deformantur. Sed pergentes in perlustrandis Aeschyleis imaginibus incurrimus in exemp
quod Sophocleam artem aequare videtur. Quid enim pulchrius effingi potest, quam compar
Agamemnonis cum calore, qui hiemis frigus temperat vel cum frigore fervorem aestivum n
ganti? cf. Ag. v. 935—39. Haud ita nos delectant verba χλίω et ἐγχλίω dicta de supe
neque animus gaudio fervens in Suppl. v. 223 et 879 neque protervi vel pavidi, qni verbis θ
μὸς et ἀθέρμαντος describuntur, nam haec omnia consentiunt cum nostra dicendi consuetud
Neque vix aliter iudicandum est de usu translationum a frigore repetitarum, ex quo ψυ
dicitur de iis, quae terrorem iniiciunt in Prom. v. 695 et in Ag. v. 939, denique in Eum.
163, ubi τὸ κρύος vocabulum ad animum refrigeratum et torpidum traducitur. Quos frigoris
rores poetam non effugisse maxime cognoscimus comparatis Pers. v. 498 seqq. et Ag. v.
seq., in quorum priore loco nuntius splendidissime enarrans causas, quibus factum sit,
superbissimus Persarum exercitus interiret, addit, maximam quidem eius partem frigoris cruci
interemptam esse, reliquam vero eius ipsius beneficio, quum coaluisset mare, servatam es
in Agamemnonis autem versibus depinguntur labores, quibus exercitus Argivorum Troiam
hiemem oppugnans et sub divo versatus frigore acerrimo affectus sit.

Aeschylus praeterea nubes et quae inde defluunt imbres et nives respexit et dup
modo ornando sermoni adhibuit. Ab altera enim parte, quoniam coelum et solis lucem obs
rant, iis exprimit pericula et quae sunt eiusmodi, ab altera vero parte quippe quum ag
inundent atque quasi alant, accomodavit ea ad imagines copiam et felicitatem effingent
unde fit, ut apud eum inveniantur δειματοσταγὲς ἄχθος in Choeph. v. 828, ubi in nonnu
codicibus pariter atque in Pers. v. 878 legitur αἱματοσταγὲς, (στάζειν vero verbum quum n
solum de stillante liquore dicatur, equidem censeo illud δειματοσταγὲς vocabulum recte
habere; cf. Ag. v. 166, Choeph. v. 1055), in Eum. v. 791: βρωτῆρας αἰχμὰς δαΐων σταλαγμάτ
ἀφεῖσαι, in Choeph. v. 387 δριμυστάκτου κραδίας dolorem stillans seu dolore affectus homo,
non mavis ut Blomfieldius voluit ἄηται cum ἀήτας et θεῖον cum οἶον mutare ceteris librori
verbis servatis. Nubes vero deformant hae metaphorae: ὁμίχλη δακρύων in Prom. v. 146, κα
χαλεπᾶς δύας ὑπὲρ τ’ ὀμμάτων κρημναμενᾶν νεφελᾶν σαοῖ in Spt. v. 211, quocum confer
Eum v. 370. Alibi ut in Ag. v. 1500 inveniuntur sanguinolentus imber et in frgm. 210 lapid
qui nivium instar proiiciuntur, quibuscum etiam aggredientes hostes ob vestimenta sua a
comparantur in Spt. v. 194. Tum ros est imago cruoris in bello profusi in Ag. v. 1410 (
v. 1380); animus autem maestitia oppressus cruciatusque dolore congelatus et satis audac
novitiae leonum δρόσοι ἄεπτοι vocantur cf. Coeph. v. 73 et Ag. v. 133. Habet hoc Aeschyl
ul, quamvis diligenter animum ad naturam intenderit, raro tantum fulgure et tonitru usus
ad imagines effingendas; cum fulgure comparatur oculus in Prom. v. 358, tum dira necessit

quae fulminis instar domus percellit in Ag. v. 1436 et denique tonat ut terrae motus tympanus in frgm. 58.

Contra Aeschylum valde venando delectatum fuisse facile coniiceres, etiamsi non firmatum esset copia imaginum, quas ei hoc studium praebuit; cuius eo magis ratio habenda est quo minus hac in re Sophocles versatus esse videtur, qui iis usus est fere tantum in Aiacis fabula. Quamquam Aeschyleae tragoediae, cui nomen erat Τοξότιδες, fragmenta tantum tradita sunt, tamen etiam illa deperdita in reliquis septem fabulis ingentem fere numerum translationum et imaginum ex arte venandi decerptarum habemus. Quarum agmen ducant arcus et sagittae, quibus similia sunt fulmen in Prom. v. 360 et 373, oculorum obtutus in Ag. v. 225, arma quibus bestiae se defendunt in Suppl. v. 540 et frgm. 176, quin etiam ἡ οὐράνη in frgm. 190. Satis vero audacter comparant Furiae in Eum. v. 668 argumenta, quibus Apollinis orationem redarguere conantur, cum sagittis vulnerantibus et in Ag. v. 488 praeco copiose alludens ad Apollinis arma loquitur de arcu mentis, qui intentus cogitationis sagittas iaculatur. Cf. praeterea Suppl. v. 745, Prom. v. 650, Ag. v. 226. Jam quum interdum arcus male fabricatus venatorem decipiat, aptissime exponitur in Ag. v. 372—78, etiam hominem scelestum nimisque suis facinoribus et dolis confisum id non assequi, quo spectaverit, magno cum suo damno intelligentem, se arcu fragili atque sagittis pravis usum esse, at hominem consilii recti et probi compertem venatoris instar ad propositum pervenire cf. Ag. v. 606, 1153, 1329. Similiter in Suppl. v. 429 γλῶσσα τοξεύσασα μὴ τὰ καίρια dictum est ad exprimendum hominem pravum et prava quoque locutum quippe frustra arcum mentis tendentem; porro insuperabilis est ὑπερτοξεύσιμος cf. Suppl. v. 456, in qua fabula (v. 973) etiam oculi sagittas proiiciunt; τείνω vero vocabulum translatum est ad vocem in Pers. v. 574, Ag. v. 833, 1188, ad tempus ibd. in v. 65 atque eodem fere modo in significationem translatam abierunt verba ὑπερτείνω et ἀτενής, cf. Ag. v. 71 et 934, Eum. v. 200. Aptissime praeterea rete venatorium comparatur cum rebus periculosis quales sunt deorum insidiae, quas nemo effugere potest, in Pers. v. 96, in Prom. v. 265, aut vestimentum illud fatale, quo Agamemno constrictus est. Cf. Ag. v. 1355. Choeph. v. 551.

Canis instar bestias persequentis homo vestigiis instat mentis in Pr. v. 846 et Cassandra se ipsa appellat in Ag. v. 1146 canem venatoriam describens suam vaticinandi facultatem. Quam eandem ob causam in Choeph. v. 221 hac imagine exprimitur Electra, postquam crines in patris sepulcro iacentes detexit et fratris quasi vestigia reperit. Pentheus vero a Maenadibus divulsus leporis similis vocatur, quem canes dilacerant in Eum. v. 21, quocum conferenda sunt τὸ ἴχνος λόγων in Ag. v. 353 et ἴχνος φρενῶν in Suppl. v. 987 et ῥινηλατέω ibd. in Ag. v. 1144. Huc porro pertinet translatio verborum θηρᾶν, cuius passiva forma traducitur ad urbem obsessam in Pers. v. 232 etc., ἄγρα δορὸς in Spt. v. 303 de Thebis captis, ἄγρευμα, quae vox apud Aeschylum saepius habet vim retis cf. Ag. v. 1007, Spt. v. 508, θηρεύω in Choeph. v. 487, κυνηγετέω in Eum. v. 230, ubi eodem modo, quo in Ag. v. 670 seq. Graecorum exercitus, Furiarum agmen cum canibus venatoriis comparatur. Qua magna copia similitudinum a venatione repetitarum perspecta, apparet, eas omnes redolere peritum venandi virum; quam opinionem eo magis probare possumus, quum videamus huius peritiae maxima documenta praeterea edere copiam imaginum animalia repraesentantium, quae adeo expressae sunt, ut cernere et paene tangere illa possimus. Huc accedit, quod illa omnia fere sunt eiusmodi, quae viros incitent ad venationem. Venatoris autem est, animum intendere ad modum quo fera illa atque indomita vitam degant, et ad rationem quae intercedat inter maiores ac praepotentiores bestias et debiliora pavidaque animalia, quae natura illis quodammodo praedam obtulit. Nemo certe, quae illius erat temporis naturae investigatio, nisi venator tam accurate eorum victum

perspexit, quam eum expressit Aeschylus. Priusquam vero sermo delabitur ad imagines
dicendum est, Aeschyli poetae acerbissimi et gravissimi esse, ut plerumque bestias cr
depingat, quae dilanient debiliora animalia; cuius rei luculentum exemplum iam attulimus
parationem Penthei a Maenadibus dilacerati cum lepore. Quibus alias postea addo. Nunc
commemorandae sunt illa monstra, in quibus cogitatione depingendis tempori, quae eius
superstitio, assensus studio quodam versatus est Aeschylus; potissimum iis abundat Pron
fabula, in qua inducuntur currus pinnatus, chorus filiarum Oceani, in aliis vero fabulis S
et dracones. Quid autem hanc Aeschyli rationem magis indicare potest, quam quod apud
equus fere non invenitur nisi bellicosus ac pugnae cupidissimus? Etenim quamquam s
at quidem valde turbato loco, egregie sane effinxit equos inter se celeritate certantes, t
plurima exempla docent, poetam magis intendisse animum ad equos feroces, quos ad
tissime descripsit in Spt. v. 442 et in Prom. v. 1013—15, quibuscum conferas Soph. frgm.
Jam vero descendimus ad imagines enumerandas. Cum equo pugnandi cupiditate inflan
comparatur Tydeus in Spt. v. 374, qui paullo ante similis vocatur draconi solis ardoribus
citato; eadem imagine usus est Mercurius in Prom. v. 1013 — 15; ferocitatem enim equ
qui aurigam fugerunt, aequavit mente obscurata vis cogitandi. Cf. Choeph. v. 1018, Se
309, Suppl. v. 415, Ag. v. 1611, ubi Aegisthus minatur civibus, se eos labore et fame
miturum esse, quasi sint contumaces equi. Aliis similibus comparationibus praetermissis
memoro effigiem praestantissimam, quae inest (in Pers. v. 188—95) in verbis chori: Grae
Persae equorum instar sub iugum missi sunt; his tranquille ac patienter flagellam incita
perferentibus, illi furore et superbia instigati saeviunt totumque currum una cum auriga
iiciunt diruuntque. Neque discrepant cum hac imaginum ratione $\ddot{\iota}\pi\pi o\upsilon$ $\nu\epsilon o\sigma\sigma o\grave{\iota}$ verba in
v. 792, quibuscum Argivi comparantur (cf. ibd. v. 1025—26) et quod dicitur mordere ve
mines in Pers. v. 114, 160 etc., vel fatum ibd. v. 848, vel, quod satis audax esse videtur,
ornamentaque in Spt. v. 673. Non mirum igitur est, si etiam dolor (in Eum. v. 629, in
v. 569) vel desiderium mordet (in Spt. v. 619); at singulare aliquid habent mordax ca
in Choeph. v. 829 et Sicilia, pulcherrima illa insula, Aetnae morsu dilaniata. Similis be
vocatur pestis, quae in Graeciam irrutura est, quodsi Apollinis imperiis non obediturus
Orestes in Choeph. v. 278 et Clytaemnestrae nomen $\tau\grave{o}$ $\delta\acute{\alpha}\kappa o\varsigma$ datur in Ag. v. 1192, ut po
Argivorum urbem devastans ibd. v. 701 et Furiae in Eum. v. 635 verbo $\tau\grave{o}$ $\kappa\nu\acute{\omega}\delta\alpha\lambda o\nu$ signif
tur. Sed sane longum est, omnes eiusmodi comparationes afferre, praesertim quum satis
sint, itaque malo his breviter perstrictis atque attactis statim descendere ad singulas be
enumerandas, quarum vestigia inveniuntur in Aeschyli fabulis. Et quidem incipio a fab
illo dracone, quacum periculosissima bestia homines ferocissimi comparantur. Qua in re
memoratu dignum est, Sophoclem hac similitudine rarissime tantum sermonem suum orn
Aeschylum vero eam magno cum studio amplexum esse, statim discimus ex illis
ephorarum versibus 143 et seq., ubi Orestes matricida exprimitur draconis imagine. I
enim sibi visa est per somnium conspicere draconem ipsam necaturum: eandem fere rem
rans Sophocles mutavit pro suo leniore animo draconem cum arbore umbra sua omnia teg
Aeschylus vero non solum filium sed etiam ipsam matrem Clytaemnestram mariti occisorem
nomine notat in Choeph. v. 143, Aegypti filios in Suppl. v. 495, Furias in Eum. v. 131.
dacius dictum est in Pers. v. 82 $\kappa\upsilon\acute{\alpha}\nu\epsilon o\nu$ δ' $\ddot{o}\mu\mu\alpha\sigma\iota$ $\lambda\epsilon\acute{\upsilon}\sigma\sigma\omega\nu$ $\varphi o\nu\acute{\iota}o\upsilon$ $\delta\acute{\epsilon}\rho\gamma\mu\alpha$ $\delta\rho\acute{\alpha}\kappa o\nu\tau o\varsigma$.
autem draconem intellige Xerxem, qui ulciscendi ardore inflammatus ad Graeciam
tendam maximas copias paravit. Nec minorem fervorem quasi ostendit ille Spt. versus
ubi Tydei furor et clamores exprimuntur imagine draconis, qui meridiani solis ardore
maceratur, ut sibilos mittat. Quem imitatus est Statius in Theb. V, 505. Denique in S

484 dicitur Minerva Oncum a Thebanis veluti draconem a pullis prohibere, quippe quae oderit virorum superbiam. Quibus addo anguinum genus, qua translatione Clytaemnestra, insidiosa ac dolosa illa mulier, in Ag. v. 1192 et in Choeph. v. 245 et 996 et filii Aegypti in Suppl. v. 862 significantur. Serpentis instar praeterea arrepit sagitta, vel malum improvisum, cf. Prom. v. 127 et 277, vel ira in dies aucta in Eum. v. 313. Quin etiam araneae similis est Clytaemnestra in Ag. v. 460, aut quoniam plerisque sollertissimum animal horrori est, aut quod ὕφασμα vocabulum ad talem imaginem effingendam quodammodo poetam incitavit; cf. porro Suppl. v. 852, ubi Hermanni sententiam secuti ἀμαλάδ' ἄγει μ' ἄραχνος ὣς βάδην νόαϱ, νόαϱ μέλαν Aeschyli verba iudicantes, iterum araneam rem invidiosam et contemptam intelligimus, qualis esse debent Aegypti filii virginibus oppressis. Quae imagines, quamquam exsultant fortasse audacia, tamen prorsus non abhorrent a communi intellectu, quod eo magis dicendum est de iis translationibus, quae a leonibus repetitae sunt. Apparet enim, iu Aeschylo esse, ut hanc bestiam non, ut fabulae tradunt, ferarum regem habuerit neque generoso quodam animo inditum, at potius cruentissimum animal, cui etiam Aegisthus in Ag. v. 1183, Paris et Helena in Ag. v. 691—710 similes sunt. Comparantur enim cum catulo leonis, qui a viro aliquo comiter receptus altusque primo quidem mitem se praebuit, tum vero, viribus auctus, naturam suam patefaciens illum eiusque greges deperdit. In Sept. v. 53 nuntius fortitudinem septem virorum expressurus affirmat, eos fuisse λεόντων ὡς ῎Αϱη δεδοϱκότων. Alia huius comparationis exempla praebent Ag. v. 794 et 1297, ubi Cassandra furore divino occupata cantat, Clytaemnestram leone absente cum lupo rapaci sese miscuisse. Quamquam vero hic et in Ag. v. 192, quum leo Dianae deliciae vocetur, apparet, Aeschylum non prorsus has bestias parvi aestimasse, tamen ob crudelitatem ac saevitiam magis eas metui atque in odium eius pervenisse, quam maxime planum fit ex Eum. v. 192 et ex frgm. 113, 115, 239, 460, maxime denique ex frgm. 344, in quo cervus a leone dilaceratus inducitur tali modo, quali ubique fere mitiora animalium genera apud Aeschylum a feris pessumdata debilissima quaeque describant. Atqui quum de hoc imaginum genere paullo infra plura dicenda sint, hoc loco tenendum esse videtur, Sophoclem sagacius scivisse ex leone depingendo maximam copiam imaginum gravissimarum trahere, quum magis intraret in eius naturam neque leviter tantum similitudinem attingeret; cuius rei testimonia sunt inter alios Aj. v. 986, Phil. v. 1436, frgm. 163.

Nusquam vero Aeschylum respuere acerbitatem illam, qua insignis est, prae·ceteris docent illa mitioris generis animalia; etenim ea sunt semper exempla hominum summis malis depressorum, unde Glaucus similis est capreae, quam duo lupi trahunt in frgm. 29, et in Suppl. v. 335 virgines se ipsae comparant cum capellis, quarum vestigia lupus sequitur, in Ag. v. 218 vero Iphigenia moribunda appellatur capella, quam viri sacrificaturi sunt. Eiusdem generis est etiam omen illud in Ag. v. 111—17 commemoratum; enarratur enim, exercitui Graecorum apparuisse duas aquilas, quae gravidum eumque iam nido proximum leporem diripuissent ac divellissent; neque differunt, quae per somnium viderunt Clytaemnestra et Atossa. Itaque etiam formica poetae non industriae sed paupertatis exemplum est, quum vitam miserrimam, quam homines ante Prometheum degerint, eius victui simillimam esse dicat in Prom. v. 453; neque aliud quidquam de apibus proferre potuit nisi eorum agmina cf. Pers. v. 127. Prorsus aliter Sophoclem in horum animalium naturam penitus paene intimam pervenisse eamque aptissime et prudentissime deformasse, quisque, qui eius fabulae diligenter legerit, concedet. Atqui Aeschylus non minus in argumentis fabularum et in hominum vel deorum moribus describendis, quam in his sermonis ornamentis acerbitatem quandam et magnitudinem affectavit et quaecumque animos mitigare et delectare potuerunt neglexit quodammodo, quum tempori assentiens magis terrores augere quam animi tumultum sedare studeret.

Itaque quamquam luscinia ter commemoratur, in Suppl. v. 55, 63, in Ag. v. 110
1275, exemplum maximi doloris, tamen statuendum esse videtur, Aeschylum potius memir
fabulae illius de Procne divulgatae, (de qua conferas Welckerum in libro, qui inscribi
epischer cyclus I, p. 74, 75) quam avis dulcissimo cantu motum esse. Sophoclem vero
ipso valde delectatum fuisse, quisquis videt, qui accuratius perspexerit multos versus, in qu
illius avis mentio fit, ut in El. v. 107, 147, in Aj. v. 617, in Oed. Col. v. 678. Quae sente
eo probabilior est, quo magis imagines, quae passim apud Aeschylum inveniuntur, ostend
eum omnino obiter tantum volucres attigisse; plane enim ab sententioso et arguto genere
cendi, quo Sophocles insignis est, differunt, atque ut ita dicam, fere frigent (de Sophoclis
tione cf. Ellendtium in lex. s. v. πέτομαι). Ex Aeschyleis translationibus levissima sane
verborum volandi ad cogitationes, ut in Choeph. v. 224, 595, neque vix graviores sunt c
parationes navium celerum cum illis, ut poetas sequar, aëris nautis cf. Suppl. v. 704, P
v. 554 et Prom. v. 88, 469; sic quoque advolant (cf. Pers. v. 670 et Eum. v. 370) teneb
clamores, vel quisquis ex improviso advenit cf. Sept. v. 85. Maioris vero momenti esse vide
si etiam odio alae attribuuntur in Choeph. v. 386 et consanguinei in Suppl. v. 211 et in Cho
v. 168 ὁμόπτεροι vocantur. Gracilis aliquid inest in vocabulo illo ἄπτερος proprie dictum
pullis adhuc pennis carentibus, quod poeta contulit ad significandos rumores nondum in
homines prolatos in Ag. v. 261 , cf. Eum. v. 249, et satis facete ad stellam, cui nomen es
columbis, ut ab avibus discernatur.

His porro exstructa sunt sagitta (in Spt. v. 657, ubi vide quae Hermannus disseru
tutela in Eum. v. 983, augurium in Suppl. v. 314, nives a coelo quasi devolantes (λευκοπτ
νιφάδι in Prom. v. 997), obtutus (in Ag. v. 406), ut ὄρνις vocabulum saepius pro omine i
dicitur cf. Sept. v. 578. Quibus metaphoris addendae sunt imagines deformantes avium gen
quae tamen, ut equidem puto, vix delectare possunt. Itaque in Sept. v. 274—76 chorus v
ginum Thebanarum, dum sui fratres urbem defendunt, pari metu cruciatur, quo columbae d
cone pullis imminente cf. Suppl. v. 494, Eum. v. 853. Alibi, ut in Pers. v. 960, ὁ ἴυγξ sig
ficat desiderium, quoniam si fabulis fides habenda est, illa ave adiutrice animi cupidines
dantur; et quum in corvo quoque vis ominis inesse et vaticinandi tunc temporis ab omnii
credita sit, non est mirum, si vocabulum κόραξ in Suppl. v. 721 et in Ag. v. 1442 transfer
ad rea mali ominis atque nefandas. In Ag. v. 1009 vero Cassandra ea sola de causa χελιδ
vocatur, quod lingua barbarica utitur, nam avis garrula est, unde barbari, quorum garrit
intelligi nequit χελιδόνες dicuntur cf. Blomfieldium in Gloss. et frgm. 403. Aquilas vero rapa
praepotentesque magis poetae placuisse, frequentes earum et expressae imagines ostendunt.

Comparatur enim cum aquila, avium regina, Agamemno rex in Choeph. v. 255 et 9
neque minus elegans altera est imago in Ag. v. 40—54 effingens Agamemnonis et Men
desiderium Helenae recipiendae; utrumque chorus comparat cum vulturibus, qui quum fo
privati sint, quam maximos clamores gemitusque edunt, nidum circumvolantes; quam deni
prorsus aequat comparatio Niobae cum volucre quadam, quae luctu quasi oppressa eadem
muta pullos occisos deplorat cf. frgm. 162. In Choeph. v. 255 Agamemno exprimitur imag
aquilae viperae amplexu circumplicatae et compressae; quibuscum confer praeterea Choeph.
244—48, 496, ubi Orestes et Electra pulli vocantur, qui parentibus orbati omni miseriae
positi sunt. Iam habes, quae poeta feris indomitis in ornando sermone debuisse videtur;
omnia quidem, quamvis negare non possimus, aliquantum translationum et imaginum par
nobis satisfacere, maxime Sophoclearum ratione ducta, tamen prorsus ostendunt, poetam ta
studio quanta arte ac diligentia easdem effinxisse. Idem fere statuendum est de illis ima
nibus, quas ei praebuerunt agricultura et vita pastorum, quibus Aeschylum magis delectat

fuisse quam artibus et mercatura, pro certo habemus. Ne vero longus sim, statim affero permultas translationes repetitas a domitis et domesticis animalibus, quae agricolas maxime adiuvant. E quibus accuratissime cognitum habuit gallum, cui similes vocantur homines gloriosi secundum proverbium, quode disseruit Hermannus ad Pers. v. 757. Cf. praeter hunc versum Ag. v. 1642 et Eum. v. 848. Eadem avis solis ortum cantu suo indicans Solis sacra est in Suppl. v. 968 et in frgm. 462. Magnas porro sunt partes, quas canis agit, quum non solum canis venatorius, sed etiam domum custodiens hominumque fidissimus minister saepissime inveniatur apud Aeschylum. Iam vero consentaneum est, has translationes, pro variis canum moribus, vi atque ratione valde inter se differre aeque atque apud Sophoclem, quode doctissime disputavit Ellendtius in lex. Soph. sub vocabulo κύων. Et primo quidem, ut taceam de Syrio qui commemoratur in Ag. v. 934, ob fidem probatam gryphi atque aquilae Iovis canes vocantur in Prom. v. 804, 1026 et in Ag. v. 128 eodem modo, quo Clytaemnestra suum coniugem deceptura et a suis insidiis avocatura βουστάθμων κύνα eum appellat vel servus hoc nomine significatur cf. Ag. v. 3 et 585. Plane alia vis inest in comparatis Sphinge, Furiis similibusque cum cane. Itaque quum videamus, Aeschylum, nihil eorum quae huius animalis propria sint, effugisse, vix mirari possumus, si etiam cognitam habuit illam blandiendi consuetudinem, ex qua canis forma quasi cuiuslibet hominis infimi animi esse videtur. Unde facile est intellectu, non minus recte eius simillimam vocari Clytaemnestram in Ag. v. 1187 (οἷα γλῶσσα μισητῆς κυνός), in Choeph. v. 611, in Suppl. v. 728, quam explicari posse usum vocabuli σαίνω dicti de blandis verbis, quibus homines fatum mitigare student in Spt. v. 364 et v. προςσαίνομαι in Pers. v. 98. Similiter vituperandi vis inest in latrandi vocabulis ὕλαγμα, κλαγγαίνω, quae alicui rei notam vel miseriae vel impudentiae imprimunt cf. Ag. v. 1600, 1643, Suppl. v. 842, Pers. v. 573. At non solum ille vigilans custos gregum animum poetae in se convertit, verum etiam taurus et ipse socius agricolarum. Ἄπεχε τῆς βοὸς τὸν ταῦρον, disiunge miseros coniuges, exclamat Cassandra in Ag. v. 1084 alludens ad modum boum, amore instigitatorum, quippe qui se invicem cornibus petant. Omnino vero ob cornua saepe tauri arcessuntur; etenim quasi cornibus cadavera undis atque vento propulsantur in Pers. v. 305 et 394 et alibi commemorantur aciei cornua similiaque. Voci vero taurorum similis est tonitrus in Prom. v. 1056 et lugentium clamor in frgm. 58 (ταυρόφθογγοι δ' ὑπομυκῶνται). Utrum autem in Ag. v. 230 Iphigenia verbo ἀταύρωτος significetur virgo integra, ita ut descripta sit illa, quam supra memoravimus, ratio taurorum connubii ardore inflammatorum, an, quod Hermanno praeferendum videbatur, hostia tranquillo animo mortem obiens, hic vix diiudicari poterit, quamquam negare non possum, hanc Hermanni sententiam magis convenientem mihi videri contextui verborum. Saepius quidem equus expressus est, at Aeschylum tantum bellicosi rationem habuisse, iam supra docui. Itaque elegantissimis illis imaginibus, quae apud Sophoclem continuae fere fluunt quasque Muellerus l. l. p. 20 congessit, accuratius perspectis facile concedes, Sophoclem huius artis artificem quasi esse et multo superare Aeschylum sensu quodam ac ratione imaginum exprimendarum. Ceterum conferenda est cum descriptione equi bellatoris in Sept. v. 442 effigies equi fidissimi ac prudentissimi, quae depicta est in Soph. frgm. 583. Neque de Tydeo, qui et draconis et equi similis vocatur, (cf. Sept. v. 374), vel de Prometheo, qui (in v. 1013), ut Mercurius ait, aeque atque vehementissime furens equus se gerit, neque de clarissima illa imagine, qua chorus Graeciam cum equo libertatis studio repleto comparat (cf. Pers. v. 188—95), quum ea omnia iam antea attulerim, multa verba facere volo satisque habeo, ea denuo ex rerum ordine commemorasse. At noli praetermittere, etiam equum fame ac plagis domitum durius aliquid habere cf. Spt. v. 461, frgm. 38, 202, 205 et Ag. v. 1025.

Frequens porro est usus translatus verborum, quae ad iugum pertinent; in frgm. 340

robur et iustitia copulata sunt et in Ag. v. 621 mala tam civitatem quam singulos cives primentia. Praeterea invenitur currus miseriarum et axis pedum, ἡ χνόη ποδῶν, cf. Spt. v. quod vocabulum Suidas ita explicat, ut de strepitu pedum terram percutientium eum cogit appareat, scholiastae vero putant, χνόην verbum adhibitum esse propter pedum perpetuum motum. Frena appellantur et vincula pedum, ut in Choeph. v. 976 vel in frgm. 340, et ru ad quas Prometheus alligatus est in Prom. v. 530. Conferas praeterea haec verba: ὁ κ in frgm. 129, τὸ στόμιον Τροίας intell. exercitum Argivorum in Ag. v. 126, ἡ μάστιξ θεία malis a Iove immissis dictum in Prom. v. 683, et quod in Eum. v. 161 legitur: ὁ μαστίz δάμιος, denique μαράχνη significans poenam, quam ultores de Agamemnonis interfector sumpturi sunt (cf. Choeph. v. 370), quo de verbo vide, quae Hermannus annotavit ad P v. 1021 et ad Eum. v. 397, ubi Wakefieldus tandem egregia emendatione κώλοις pro πω scribens currum pinnatum ex aere fictum removit (cf. Vossii librum, qui inscribitur: mytho briefe I, 157 seq. et Odofr. Muellerum in edit. et God. Hermanni opuscula VI, 2, 174). S pissime usus est poeta metaphoris ad iugum spectantibus; sic legitur in Ag. v. 1429 de Hele ἐρίδματός τις ἀνδρὸς οἰζύς, quod Hermannus sic in Latinum sermonem vertit: gravis domi viri calamitas; similis sententia inest in Soph. Aj. v. 545: πωλοδαμνεῖν ἐν νόμοις, et in Aes Ag. v. 507 et Pers. v. 51: ζυγὸν ἀμφιβαλεῖν δούλιον Ἑλλάδι. Quater in Pers. v. 73, 279 seq. p iugum vocatur mari impositum et praeterea etiam servi sunt subiugati. Fatum vero viros sub iug mittit matrimonii in Pers. v. 537, unde explicanda est vis ac notio verborum ἀρτιζυγία, νόζυξ Πέρσις in Pers. v. 138 et in Ag. v. 809 arctissimam et inseparabilem amicitiam indica τὸ ζεῦγος Ἀτρειδῶν in Ag. v. 44 et 621, in Choeph. v. 976, in frgm. 340. Alibi denique iu coercetur lingua garrula, ut in Choeph. v. 1040, vel iugo solvuntur pedes i. e. liberantur s officio in Choeph v. 662. Sed haec hactenus, atque eo magis in his, quas commemora imaginibus acquiescendum est, quo certius est, partem tantum illarum translationum a poë ipso partam esse. At utcunque res se habet, satis superque horum sermonis ornamentoru luminumque abundantia poetae in sermone ornando rationem audaciamque indicat.

Ad rem pecuariam iam transeuntes pro certo habemus, Aeschylum ad illam haud i animum intendisse et utique non tam greges ipsos quam eorum pastores atque duces e pressisse, fortasse omnino tantum Persas dignos iudicantem, qui cum illis studipis atque om fere agendi licentia carentibus animalibus comparentur. Constat certe, hoc translationum gen saepissime in Persis tractari et quidem ita, ut fere sola Persarum gens similis gregu vocetur; gregis instar est Persarum exercitus, quem rex pastoris modo dirigit (ποιμάνωρ), (Pers. v. 76 et 240; praeterea gregi simile est agmen Furiarum in Eum. v. 280 et multitu filiarum Danai, quippe quae consilii expertes et angore repletae coartatae sint cf. Suppl. 622. Pastorem vero pluris aestimatum esse a poeta, discimus ex Ag. v. 635, in quo Ag memno, dux Graecorum, vocatur ποιμὴν ναῶν et ex Eum. v. 898, ubi Minerva affirmat φιτυποίμενος δίκην iniustos evellere eodem modo quo hortulanum steriles herbas, ne ab i utiles opprimantur; augur porro est pastor avium et Dianae sacerdotes in frgm. 88 vocant μελισσονόμοι, quod verbum sibi recte correxisse videtur Passovius scribens πολισσονόμο. Praeterea interdum translatam vim habent verba ποιμαίνω in Eum. v. 94 et 248 et σύννομ de coniugio dictum in Pers. v. 705.

Fabulae vero, quam de Iove tradiderunt, adaptata est imago in Suppl. v. 540: ἰκνεῖτ δ' ἐγκεχριμένα βέλει βουκόλου πτερόεντος δῖον πάμβοτον ἄλσος cet., etenim bubulci instar e oestrus; cum bove, qui in prato satiatus est, comparatur Mars caede altus in Spt. v. 227 pascitur quoque cor in pascuo laborum in Choeph. v. 26. Pisces vero vocantur greges ma depascentes, cf. frgm. 290. Quamquam vero singula quaeque earum aptissima est et nos prorsus delectat, tamen nos effugere non potest, hoc totum vitae genus abhorrere quasi a poetae moribus atque consuetudine, eumque magis allectum esse iis rebus, quae sunt Neptuni, Dianae Cererisque. In his enim libenter Aeschylum versatum esse, eo clarius elucet, quo magis hac in re ab eo differt Sophocles, politissimus ille et plane urbanus poeta. Sed priusquam ad hanc rem propius accedamus, commemorandus est ingens fere numerus translationum non singula quaedam animalia spectantium, sed id, quod omnium est commune. Sic de superbo dicitur in Choeph. v. 632 et saepius: λὰξ πέδοι πατούμενος, quoniam tali modo incedens negligere quodammodo res videtur, quin etiam leges conculcat cf. Ag. v. 367, 652 cet.; ἀπολακτισμοὶ βίων (cf. Suppl. v. 917) verba significant eos, qui multorum vitas perdunt. In Sept. v. 772 Furia καμψίπους vocatur, quia aut aliorum pedes flectit, aut ipsa scelestos curvatis seu celeribus pedibus persequitur, cf. Hermanni et Schuetzii adnotationes ad versum; celeripedes praeterea sunt hominum oculi in Spt. v. 604, vel casus fortunae (cf. frgm. 282), contra lentus est stultus in frgm. 328, qui aeque ac tinea ignem periculosum circumvolans neque sibi imminens periculum timens, in ipsam flammam postremo sese irruit. Quocum congruit usus verborum ὠκύς, λαιψηρός, θούριος similiumque; itaque altat prae timore cor in Choeph. v. 161 et item calori, rumori, igni, fluviis et etiam licheni facultas eundi attribuitur. (Cf. inter alios Choeph. v. 278, ubi haec leguntur: ἐπαμβατῆρας σαρκῶν λειχῆνας). Prae ceteris eiusmodi metaphoris, quas omnes enumerare longum est, memorabilis illa est in Prom. v. 157 propter vocabulum κίνυγμα singulariter formatum, quode vide Lobeckium in Rhem. p. 244 et Eustath ad Jl. Ἀ, p. 472, 18. 43. Certum est, eo significari spectrum. Praeterea haec verba translata sunt: πατέω, ὁ φοῖτος et ἡ φοιτὶς, προσίκτωρ, χρονίζω, χωρέω, πηδάω, θρώσκω, ὁρμαίνω, ἱστήκω, quo vaticinia ad solis lucem pervenientia describuntur in Ag. v. 1140, denique ἐφέπω. Quibus omnibus audacius dictum est in Spt. v. 676, exsecrationem patris prodire siccis oculis vel in Ag. v. 1080, metum homines perturbantem aeque ac sanguinem quasi ad cor recurrere, ita ut toto corpore palleamus; quocum conferenda sunt haec verba in Soph. Aj. v. 937: χωρεῖ πρὸς ἧπαρ οἶδα γενναία δύη. Multo minus brachium manusque apta esse, quae metaphoras praebeant, vix est, quod moneam, et revera una tantum huiusmodi translatio apud Aeschylum esse videtur (in Prom. v. 1023 et in Choeph. v. 581) ἀγκάλη vocabuli, quo exprimitur quaelibet res curvata. Quam comparationem nimis fere iegunam magis Euripidis quam Aeschyli propriam fuisse, facile conieceris, nisi forte hoc verbum omnino iam ex antiquissimis temporibus hanc vim habuit, ita ut poetae prorsus hac dicendi licentia liberandi sint. Similiter sine dubio se habent verba χεὶρ, δύσλοφος, ῥαχίζω similia, quorum sunt ea omnia, quae ad sanguinem spectant. Quid enim sanguine aptius est ad effingendam consanguinitatem? Cor vero, quippe ex quo gignantur et amor et odium, pro his ipsis substitui quem turbet? Sane vero tam apte quam leviter quodammodo dici potest, pectus vacare lacrimis in Suppl. v. 66, vel iracundum esse ὀξυκάρδιον in Spt. v. 881, quod verbum ab Aeschylo partum esse videtur. Simili modo translatum est vocabulum κακόσπλαγχνος (in Soph. Aj. v. 472 legitur ἄσπλαγχνος) ad timidum (cf. Spt. v. 220), quoniam τὰ σπλάγχνα ubique idem vere valent, quod καρδία verbum. Denique subsequantur nonnullae metaphorae a crinibus repetitae, quibus etiam fulgur describitur in Prom. v. 1048 πρὸς ταῦτ᾽ ἐπ᾽ ἐμοὶ ῥιπτέσθω μὲν πυρὸς ἀμφήκης βόστρυχος, quod Latini poetae elegantissime sic verterunt: comam ignis. Aliud exemplum invenitur in Ag. v. 291 φλογὸς μέγαν πώγωνα, quocum conferas Catulleanum illud: Viden᾽ ut faces splendidas quatiant comas? De hoc genere imaginum doctissime disseruit Valckenarius ad Phoen. v. 1261. Plane ex nostra dicendi consuetudine iam Aeschylus dixit, timidi hominis vel furentis crines rigere in Choeph. v. 31 et alibi; quod autem in Aj. v. 693 legitur, amore ardentem rigere (ἔφριξ ἔρωτι), id ab

ipso Aeschylo effictum esse, affirmat scholiastes. Commemorandus est porro usus verbi κ
et aliorum, quae sunt eiusdem et stirpis et significationis; tondet enim non solum Mars ag
(in Pers. v. 927), sed etiam populos deus in Pers. v. 901 et in Soph. Aj. v. 55; ἄγροι κτ.
χερῶν sunt digiti cf. Ag. v. 1563. A crinibus descendimus ad os, quod ostium fluminis si
ficat in Prom. v. 848 saepiusque; freni instar, chorus ait in Ag. v. 126, esse exercitum Gr
corum Troiae captae domitaeque iniectum. Per enallagen, quam grammatici vocant, ve
αἰολόστομοι, σεμνόστομοι (cf. Prom. v. 957), στόμαργος (cf. Spt. v. 428), θρασύστομος in S
v. 593, ἐλευθερόστομος (Suppl. v. 911), πολυστομεῖν in Suppl. v. 486 de sermone dicta su
cui etiam lingua substituitur in Ag. v. 780: οὐκ ἀπὸ γλώσσης et q. s. enim significant H
manno auctore, quae non verbis tantum dicuntur i. e. quae non obiter tantum et negligen
facta sunt (cf. Suidam s. v. ἀποστοματίζειν et Abreschium ad l. l.). Cum hoc usu dicendi co
gruunt praeterea verba πικρόγλωσσος in Spt. v. 768, μελίγλωσσος in Pr. 173, εὔγλωσσος
Choeph. v. 1041 vel in Eum. v. 971: ἆρα φρονοῦσιν γλώσσης ἀγαθῆς ὁδὸν εὑρίσκειν, ubi la
dator exprimitur. Ἡ γνάθος in Prom. v. 727 de angustiis dictum vocabulum vix miri aliqu
habet, contra sane audacter igni et licheni maxillae adduntur, ita ut utraque res comparetur cu
bestiis cf. Choeph. v. 321 et 274. Εὖρις ξένη vero in Ag. v. 1052 vocatur Cassandra, quu
futura sagaciter praedicat; θεμερῶπις est αἰδὼ et τύχη in Choeph. v. 963 εὐπροςωποκοίτ
sic enim Hermannus ex contextu verborum scripsit, quamquam apparet, hoc verbum non lectu
esse a scholiasta. Ut κυανῶπις appellatur navis, cuius prora cyaneo colore oblita est
Suppl. v. 713, ita quoque exercitui attribuitur facies; nam in Pers. v. 721 legitur τὸ μέτωπ
τοῦ στρατεύματος. Prometheus vero (cf. Promethei vincti fabulae v. 722) Caucasum describen
haec dicit: Καύκασον ἔνθα ποταμὸν ἐκφρυᾷ μένος κροτάφων ἀπ αὐτῶν, secutus illam Grae
corum opinionem, ex qua putaverunt, montes quippe gigantas etiam corpore esse praeditos
Apparet vero, si accuratius rem perpendimus, Aeschylum tales translationes proferentem ne
quaquam studuisse, ut animalia plane exprimeret, sed tantum similitudines quasdam vel linea
menta eorum attulisse, praesertim quum harum translationem maiorem partem iam dudum i
consuetudinem sermonis abiisse neque amplius certa genera iis definiri, pro certo habendum
sit. Neque aliter diiudicandus est usus verborum ad oculos pertinentium, e quibus ὄμμα i
Pers. v. 428 vel noctem, ut volunt Stanleius et Valckenarius, vel, ut alii putant, lunam, in
Eum. vero v. 1006 et in Pers. v. 168 quamlibet rem descripsit, quae terram vel domum ornat;
itaque etiam amor vocatur in Prom. v. 906 ἄφυκτον ὄμμα vel luna ὀφθαλμός in Sept. v. 370,
ut in Choeph. v. 922 et Pers. v. 952 herus totam domum dirigens et perlustrans.

De coniunctione verborum κτύπον δέδορκα cf. Sept. v. 99 et quae sunt eiusmodi disseruit
doctissime Lobeckius in Rhem. p, 333—40 eamque sic explanavit: „atque huc pleraque illa
incosequentiae exempla redeunt, ut aut verbum aut nomen ab eo, quod vulgo significat, tra
ducatur ad illud, quod significare potest, vel ex proprietate etymi vel ἐκ τοῖ παρακολουθοῦντος,
neque alia ratio magis convenit Aeschyleo isti, unde hic sermo defluxit; nam κτύπον et πάτα
γον nemo videt, sed mulierculae illae vident vel sibi videre videntur τοὺς κτυποῦντας.“ Similiter in Prom. v. 909 ὁράω pro verbo sciendi dictum est et in Sept. v. 935 manibus facultas videndi tribuitur, quoniam alicuius rei curam gerant. Alia eiusdem inconsequentiae exempla
praebent Spt. v. 466, Suppl. v. 780, Eum. v. 320 et 380, Ag. v. 1612, ubi haec leguntur: λιμός
ξύνοικος μαλθακόν σφ᾽ ἐπόψεται, verborum autem sententia prorsus haec esse videtur: te reddet;
cf. Lobeckium ad Sophoc. Aiac. v. 67. Neque ita dicrepant cum praecedentibus aliae quaedam
translationes, ut βλέπω φόβον in Spt. v. 479 et in Soph. Aj. v. 266, καὶ πρῷρα πρόςθεν ὄμμα
σιν βλέπους ὁδὸν in Suppl. v. 686 (cf. Pers. v. 554, Suppl. v. 173), quam videndi notionem
omnino saepius ad intellectum traduci, docemur praeterea Choeph. v. 840, ubi mens appellatur

ὠμματωμένη. Plane aliter res se habet, si in Pers. v. 513 et in Spt. v. 692 somnium ὄψις vocatur, vel in Ag. v. 806 falsa amicitia somnii imagine vel denique in Prom. v. 792, 255. 669, frgm. 305, φλογωῷ et φλογωπός vocabulis accuratius describuntur solis ortus et ignis. Multo audacior imago inest in Eum. v. 942: τοῖς δ᾽ αὖ ἀμβλωπὸν βίον δακρύων παρέχουσαι, quia hac verborum comprehensione exprimuntur ii, qui aliorum vitam miseriis quasi ac lacrimis replent. Valde vero dubitaverim, num Eum. v. 138 et Suppl. v. 470 huc referendi sint. Ut vero poetae Graecorum inde ab Homero saepissime vocabulum ὄμφαλος transtulerunt, ita quoque idem ab Aeschylo ad alias res significandas adhibetur, apud quem legimus in Ag. v. 1015 ἑστίας μεσομφάλου et similia in Spt. v. 728, in Eum. v. 40 alibi. Idem haud dubie statuendum est de Pers. v. 481 πρὸς μέγαν κόλπον Ῥέας, ubi intelliges mare superum cf. Eum. v. 396. His adiungendus est Spt. v. 256; Eteocles enim chorum mulierum hortatus, ut diis supplicent, si fides habenda est iis, quae libri tradiderunt: Δίρκης τε, inquit, πηγαῖς, ὕδατι᾽ τ᾽ Ἰσμηνοῦ λέγω. Iam vero Fridericus Haasius in Miscellaneorum philologicorum libro III. rectissime, ut equidem puto, imaginem pulcherrimam revocans: οὔθατ᾽ Ἰσμηνοῦ λέγω esse scribendum docuit. Quibus exemplis imaginum singula animalium membra exprimentium allatis ratio nobis explicanda et exploranda est eorum verborum, quae vulgo ὀνοματοποιητικὰ nominata iam supra passim commemoravimus, et quidem pro certo habemus, ea utique suos fines quasi auxisse, ita ut non uni tantum rei propria sint, sed ad omnes res similiter sonantes pertineant. Apud Aeschylum vero haec fere verba clangoris invenire potui: κροτητὸν κάρα significat caput obtusum in Choeph. v. 423, κομπέω dictum est de homine glorioso in Prom. v. 951 et in Soph. Aj. v. 770, unde natum est vocabulum ὑπέρκομπτος in Pers. v. 337, quode disseruit Lobeckius ad Ajac. v. 127; audaciam quandam prae se fert, quod in Spt. v. 819 legitur ἡ ξυναυλία δορός describens pugnam singularem: αἱ κορκορυγαί translatae sunt ad quoslibet clamores cf. Sept. v. 328, ἡ βλαχὴ voc. dicitur de clamoribus vulneratorum in Spt. v. 330; pari modo usus est poeta verbis κράζω, μινύρεσθαι, βρέω, ὕλαγμα, ἐπιρρόθέω et denique contemptionem redolent: θεόπτυστος, ἀποπτύω, ἰὸς, quod scriptum, est in Suppl. v. 144 et in Ag. v. 801. Alio quoque modo rebus vitam et animum attribuens dicit poeta, populum esse vulneratum (cf. Ag. v. 618), vel Nilum morbo laborare (cf. Suppl. v. 545), vel satis audacter sermones famamque moriri (cf. in Ag. v. 465 ταχύμορον κλέος); contra inveniuntur in Suppl. v. 957 ἄχθος ἀείζων et in Ag. v. 786 ἄτης θυηλαὶ ζῶσι, quibuscum conferas frgm. 29, Ag. v. 1131, 1347. Hominem vero modo aegrotare modo convalescere, exprimitur in Ag. v. 968 similitudine viri nunc fortuna secunda fruentis nunc ex improviso in mala irruentis. Adedit vero hominem cura in frgm. 267 atque in Choeph. v. 165, at cibum desiderat animus in Ag. v. 802; mira vere ratione Clytaemnestra in eiusd. fabulae v. 1408 ait: Cassandram, quam fortuna ipsi tradiderit interimendam, esse quasi suum obsonium. Sic sitiunt quoque lacrimae, homines autem spe satiantur (cf. Choeph. v. 179 et Ag. v. 1639), vel terra bibit sanguinem in Spt. v. 789. Insatiabilia aptissime vocantur libidines et desiderium firmissimae valetudinis, quo homines impleti sunt (cf. in Ag. v. 968 ἀκόρεστον τέρμα ὑγίας). Nonnullas vero metaphoras, quae ex matris officio haustae sunt, prae se ferre quandam, ut ita dicam, pietatis speciem negari non potest, modo in iis intelligendis vigilemus; enimvero si legitur in Choeph. v. 58: δι᾽ αἵματ᾽ ἐκποθένθ᾽ ὑπὸ χθονὸς τροφοῦ τίτας φόνος πέπηγεν οὐ διαρρύδαν, his verbis haud dubie alluditur ad opinionem, quam secuti Graeci putaverunt, se esse Gaea matre natos cf. praeterea Choeph. v. 120, Eum. v. 516. Plane contrarie hominem devictum eumque minimi aestimatum notat vocabulum καθιππάζειν. Eiusdem generis sunt praeterea, quae saepissime apud Aeschylum inveniuntur verba deducta a radice TEK, quorum exempla sunt in Ag. v. 264 εὐφρόνη τεκοῦσα φῶς, in Ag. v. 724 ὄλβον τεκνοῦσθαι scil. calamitates; in Eum. v. 525 chorus

eadem similitudine usus appellat superbiam filiam impietatis, ut flores sunt terrae filii ve
Choeph. v. 636 fatum gignit ultionem: *Αἶσα τέκνον ἐπεισφέρει δόμοισιν κ. τ. λ.* Verba (
leguntur in Ag. v. 370: *Πειθω προβουλόπαις ἄφερτος βούλης* Hermannus quidem explicat
audax Suada consultrix filia effrenata culpae, at Todtius aliam viam secutus hoc modo: „c
eum (qui animi causa divina humanaque permiscuerit) funesta Suada (libidinis intelligenda
intolerabilis filia deliberationis perniciosae", ita ut totius comprehensionis vis haec sit:
quis libidine exagitatus deliberare coeperit, perficiat scelus necne, certum est, eum a lit
nis Suada victum iri" (cf. Todtium l. l. p. 34).

Pulchris filiis eleganter sane in Ag. v. 732 fato quoque tributis, in eiusd. fab. v. 1
Clytaemnestrae nomen Orci mater ea sola de causa datur, quod eum mortuis replevit cf.
v. 1074, Pers. v. 903. Quo nomine matris haud dubie dignior videtur terra alma, quae
salutatur in Spt. v. 16 et 397, in Choeph. v. 58 et 120 et ita quidem, ut appareat, poe
meminisse maximae necessitudinis hominibus cum illa intercedentis. Qua cogitandi subtilit
plane carent aliae quaedam translationes quales sunt: *πειθαρχία μήτηρ ἐστὶ τῆς εὐπραξίας* in ί
v. 208 et *σιδηρομήτωρ αἶα* in Prom. v. 303 et aliae, quas habent Ag. v. 1597, Spt. v. 732, E
v. 934. Audacia vero eae omnes sane multo superantur Spt. v. 988, ubi haec leguntur: *πι*
πατρὶ πάρευνον vel Ag. v. 1075 *ἀλλ' ἄρκυς ἡ ξύνευνος φόνου* et Ag. v. 107. Ceterum hic c
memoranda est nobilissima descriptio potentiae, qua instructa Venus omnium rerum exsi
domina, in frgm. 45 (cf. Prelleri librum de mythologia Graecorum I. 35). Venus enim gloria
se esse omnipotentem, ait, omnium animalium et stirpium originem revocandam esse ad amor
concubitumque Terrae et Coeli; quam rem iterum poeta tractavit in Suppl. v. 967, ubi amo
vis atque potentia explicatur exemplo ferarum, quae sive terrestres sive aquatiles sunt, omn
ei subditae atque eadem domitae sibi amoris delicias petunt.

Iam vero sub iudicium vocemus eas imagines, quae res inanimas homini quasi simi
efficiunt, qualis est comparatio linguae cum mente; dicitur enim in Ag. v. 1186, illam mei
quasi fulgere; ad hanc similitudinem prope accedunt viae pavidae in Eum. v. 762, vel *πέτ*
οἰόφρων in Suppl. v. 764, vel causa cum eventu mutata in Suppl. v. 772 *κακὰ φιλαίαχ*
Eleganter vocatur pulvis mutus exercitus nuntius, et muti filii maris sunt pisces, ut pe
culum (cf. Eum. v. 922 et Prom. v. 817; Suppl. v. 166, Spt. v. 82, Pers. v. 580); conc
mant vero terra et undae, miseria, dolores in Ag. v. 255, vel Clytaemnestram allocutus di
chorus ibd. in v. 1020: *χερὶ φράζε*: noli verba facere. Ceterae translationes maxima ex pa
sunt parvi momenti; nam vix admirationem movere potest, si appellatur cuiusque rei initi
prooemium (cf. Ag. v. 1314), aut si hirundines loquuntur barbarorum instar (cf. Ag. v. 100
aut si echoi attribuuntur clamores bellicosi (cf. Prom. v. 385). Multo vero audacius in Spt.
926 comparantur preces, quibus Oedipus filios detestatus est, cum clamoribus, quos milit
edunt. Porro inveniuntur *τὸ γέλασμα κυμάτων* in Pr. v. 90, quocum conferas Spt. v. 108
verba Eum. v. 252: *ὀσμή με προσγελᾷ*, ut in Eum. v. 514 fortuna gloriosum atque insolent
virum prosternens ridet eius iactationes; qui nondum miseriae particeps fuit vocatur *ἀπειϱ*
δακρυς in Suppl. v. 66. Praeterea alia quoque similitudo intercedit inter res, quae natura
gent, et fatum hominum, quippe quum etiam illae quodammodo nascantur ex gremio matris
gaudeant iuventute (cf. Ag. v. 562, Choeph. v. 866 et usum translatum verborum *ἡβάω*, *πα*
ηβάω, νεάζω, νήπιος etc.), donec omni robore privatae hominum instar ad postremum senesca
Qua iam collatione usus Aeschylus has translationes habet: *ὁ γέρων λόγος, φόνος, τριγέϱ*
μῦθος in Choeph. v. 311. Qua in re prorsus non est negligendum, Aeschylum aurifica qu
statera examinasse quidem utrum pluris esset pater an mater, at vix pro certo venditari pos
utri primas dederit. Enimvero quum in Choeph. v. 738 et 835 matri detulerit palmam, in Eu

v. 654 seq., 727 seq. pater antecellere matrem videtur, cui tantum pignoris instar foetus traditus sit. Fortasse tamen ex matricida poena soluto coniecturam de poetae sententia facere licet. His praeterea adnumeranda est superbia iuveniliter sese gerens (in Ag. v. 734) vel fontes virginum modo saltantes in Pers. v. 616. Quo de imaginum genere non opus est multa verba facere, quoniam omnium fere populorum sermo similes praebet, itaque malo redire ad illas translationes, quae exprimentes certas vitae conditiones maxima ex parte a singulis tantum populis effictae esse videntur. Iam vero quum ab agriculturae similitudinibus huc usque digressi simus, non alienum est, ad has orationem annectentes nos omnia, quae in causa sint, exsequi. Itaque statim labemur ad imagines sane audaces, quae, ut equidem puto, quum illius aetatis homines opinati sint, omnium et rerum et hominum genitricem esse Terram, coniugium effigie agriculturae metaphorisque inde repetitis exprimunt.

Quarum est Oedipus semina spargens in nefandum agrum; fructus vero, inde se effundentes intellige eius liberos se invicem interficientes cf. Sept. v. 734, qui ibd. in v. 785 et 907 ὁμόςποροι vocautur; quocum bene congruunt verba in Ag. v. 1478: ὁμοςπόροις ἐπιῤῥοαῖσιν αἱμάτων, vel κῦμα νεόςπορον in Eum. v. 650, id est: foetus hominum, in frgm. 169 ἀγχίσποροι, in Eum. v. 165: οἱ ἐπίσποροι, οἱ Σπάρται in Eum. v. 48; fortasse quoque ἀταύρωτος in Ag. v. 230, de quo verbo iam supra virorum doctissimorum sententias explanavi. Neque solum eodem modo quo stirpes oritur genus humanum, verum etiam aeque atque illae fati necessitate caeduntur homines vel a Marte, quamquam ab eo ne sparsi quidem sunt (cf. Suppl. v. 618); homines praeterea agricolarum instar ipsi factorum suorum, qualiacumque fuerunt, fructus demetunt cf. inter alios Ag. v. 1003, 1178, 1628, ubi leguntur verba ἀμάω et ἐξαμάω, Suppl. v. 72, Ag. v. 514, Suppl. v. 67. Quas translationes sine dubio superat ea, quae inest in Darii verbis (Pers. v. 823): fore ut superbia, ubi ad summum fastigium pervenerit, procreet sibi ex necessitate fructum perniciosum superbusque postremo miseriis gravissimis afficiatur. Mare porro vocatur sterilis ager in Pers. v. 1003, quod aeque secatur navi (cf. Suppl. v. 997), atque corpus vulneribus (cf. Choeph. v. 25). Itaque explicari potest egregia illa effigies, quam praebet Sept. v. 574, ubi mens humana cum arvo comparatur, cui cogitando sulci impressi sunt; quo rectius vero eosdem ductos esse, eo magis esse sperandum, fore, ut inde exoriantur prudentissima consilia. Apparet igitur poetam hac imagine Amphiareum virum mentis recto usu ac diligenti insignem descripsisse. Quamvis autem audacter v. πιαίνω ad superbissimum quemque significandum transducatur in Sept. v. 568, in Ag. v. 261 et 1640, vel Minerva, quae alibi (v. supra) se ipsam quasi plantariam appellavit, Furias moneat, ne agricolarum instar semina noxia spargentium verba mali ominis profundant, tamen audacia prae omnibus ceteris eminere mihi videtur comparatio, quae inest in Clytaemnestrae verbis (cf. Ag. v. 1351), quae cruore mariti adhuc conspersa dicit, se hoc sanguine pariter delectari ac segetem nunc primum solis lucem et calorem sentientem. Sine ullo dubio autem, eandem similitudinem frigidi aliquantum habere, quisquis videt, modo perpenderit, quanto res illae inter se distent. Multo sane levius in Persarum fabula transferuntur vocabula ῥαίνω (in v. 569), στέγην πέδοι ῥαντήριον intellige αἵματι (cf. v. 1051), neque difficilior est intellectu fama modo aquae per agros ducta in Ag. v. 834; denique commemorandus est deus urbes opulentissimas ligone humo aequans cf. Ag. v. 504. Quamvis igitur in iis imaginibus, quae de agricultura depromptae sunt, versatus sit Aeschylus et inde saepissime aptissimas rerum collationes effinxerit, tamen multum abest, ut studiosus fuerit earum rerum, quae a terra stirpibus contineantur, cognoscendarum vel deformandarum, ut multo rarius ad eas descenderit quam Sophocles easque haud ita apte accurateque descripserit, et in natura perpetuo fere vitam degens peritissimusque perscrutator animalium, vix illarum stirpium florumque insignium pulchritudine rationem duxisse videatur. Plane aliter

Sophocles, quae erat eius sentiendi subtilis et quasi amabilis ratio, quum intellexisset, qu
fructum ex comparatis illis rebus percipere posset, saepissime flores arboresque
mavit atque penitus insinuans in naturam utriusque inde praestantissima sermonis orna
deprompsit, unde fit, ut, quasi vireant floreantque apud eum vitis, olea, hedera (cf. Muelleru
p. 25), et ut alia exempla omittam (cf. Aj. v. 557 et frgm. 162), infans tener cum
auris tepidis mota et timore alta comparetur. Quamquam vero apud Aeschylum nequ
tales collationes prorsus desiderantur, quoniam commemorantur radices familiae et semin
minum, eorum autem progenies vel denique animus consiliis superbissimis repletus vocantur t
(cf. usum vocabulorum τὸ ῥίζωμα, ἡ ῥίζα, τὸ βλάστημα, βρύω, βλοσυρὸς, φλύω, ἀκμάζα
φιθαλὴς), tamen ea omnia vix alicuius admirationem excitare possunt, quum magis ex
suetudine sermonis quam ex ingenio Aeschyli genita esse videantur. Neque magis admira
est, si mortui undis disiecti appellantur flores maris in Ag. v. 687 (de quo usu cf. Vossit
hymn. in Cer. p. 278 et Abreschii adnot. ad Ag. v. 668), vel si laboribus, querelis, san
igni, amori florendi facultas tribuitur ἄνθος, ἀνθίζω similibusque verbis ad ea traducti
Sept. v. 924, Choeph. v. 143, Prom. v. 7, Ag. v. 932, Prom. v. 420). Itaque carpta s
verba, quae frustra dicta sunt in Ag. v. 1634, frugifera autem esse possunt vaticinia (ir
v. 599) et caedes virorum (ibd. in v. 674) acerbissimos ferunt fructus. Ut iuventus flo
milis est in Suppl. v. 638, ita senectus frondi marcidae in Ag. v. 79, quam imaginem p
effinxisse Archilochum, docent huius poetae versus ab Hephaestione traditi: οὐκ ἔθ' ὅμως
λεις ἁπαλὸν χρόα· κάρφεται γὰρ ἤδη, quae verba imitans dicit Aeschylus l. l. τό θ' ὑπερ
φυλλάδος ἤδη κατακαρφομένης τρίποδας μὲν ὁδοὺς στείχει. Quae quum ita sint, mirar
possumus, si haud paucae translationes verborum, quae de rebus maturis vel immaturis p
dicuntur, inveniuntur neque deficiunt frugiferi vel sterilis notiones. Et agrum quidem a G
poetis, praecipue vero ab Aeschylo cum connubio comparari, quippe quum utrumque mo
ligenter colatur uberos fructus, neglectum vero raros tantum eosque viles procreet, iam
docui: neque est, quod eiusmodi exempla denuo memorem. Quum vero non solum hor
liberi similes esse videantur semini verum etiam eorum operae, quarum fruges ipsi poste
tant, consentaneum est, probum pietatis praemia, improbum vero scelerum poenam quas
tere cf. Choeph. v. 200, Eum. v. 706. Plane aliam viam iniens Aeschylus, quum virgini
exprimeret effigie floris, genuisse videtur plura vocabula, ut ἀρτίδροπος et ὠμόδροπος in S
315 et 316, ubi conferenda sunt quae de iisdem Hermannus annotavit.

Expressae vero imagines gignentium, quas raro a poeta effictas esse iam demons
inveniuntur in Spt. v. 71, ubi urbs devastata comparatur cum arbore caesa, vel in Ag. v.
Agamemnonem enim reversum Clytaemnestra, inflato orationis genere usa arborem umb
ac frigus praebentem defessis viatoribus vocat; sic quoque spes e germine tenerrimo ort
crescit ad arborem ingentis magnitudinis cf. Choeph. v. 200. Singularum stirpium ex
praebent Choeph. v. 382 et 630; ibi enim clangor et gladius πευκήεις et ὀξυπευκὴς
significantur; tum in frgm. 120 et 279 morus cum homine comparatur. Quae in Suppl. v
leguntur verba βύβλου δὲ καρπὸς οὐ κρατεῖ στάχυν, sine ullo dubio referenda sunt ad
proverbium, id quod iam dudum animadverterunt Zenobius II, 73 et Suidas s. v. βύβλος,
vis ea esse videtur, ut quos protulerit papyri patria, Aegypti filii, non sint victuri Danai
Graeciae incolas cf. Stanleium in ed. sua ad l. l. Omnino vero constat, quae gignan
terra, ea rarissime tantum poetam instigasse, ut ab iis imagines repeteret. Sed haec hactenus,
praeferendum esse mihi videatur inspicere metaphoras, quas Aeschylus ex fluminibus vel
tibus hausit, quasque omnes copiam quandam significare apparet; etenim scaturiunt ho
superbia in Spt. v. 642, in Prom. v. 506, opibus domus in Ag. v. 361 et 1377, malorum

3 *

fluvius in dies augetur, donec mare periculosum inde nascatur cf. Eum. v. 688, ut ibd. in v. 557 'sermo afflatus vocatur amnis aquis abundans. Frequenter porro usus est Aeschylus translatione verborum, quae habent notionem fluendi, ut ἐπίῤῥυτος, ῥεῦμα, ἀποῤῥέω vel de fontibus dicta sunt, ut ἡ πηγή ceterisque, quorum exemplum praebet Spt. v. 565, ubi leguntur πηγή μητρός unde oritur hominum vita; cui addenda sunt praeterea ἡ πηγή πυρός, ἡλίου, δακρύων κακῶν. Praeterea Agamemno in illa blanda ac tumida oratione, qua Clytaemnestra eum fallere et ab insidiis structis avocare studet (cf. v. 866), appellatur fons viatorem recreans. Quod vero ad flumina attinet, non omittenda est stropha cantici chori a Suppl. v. 996 incipiens, in qua fluvii liberis abundantes, qui terram irrigent ac frugiferam reddant, describuntur. At quum eadem flumina nimis aucta agros devastent, satis commode conferuntur cum malis ex fati necessitate imminentibus in Suppl. v. 452 et 454.

Ut vero omnino Sophocles et Aeschylus genere ac modo translationum saepissime multum inter se differunt, ita quoque magnum discrimen inter eos intercedit ratione, qua uterque animum ad lucem vel caliginem, diem noctemque intenderit iisque usus est in imaginibus effingendis. Apud Aeschylum enim, id quod satis mirum videtur, stellae rarissime tantum commemoratae sunt, quamquam negare non possumus, quascumque inde deformavit imagines, ardere quasi ac singulari splendore egregias esse; cuius exemplum exstat in Ag. v. 239, ubi dicitur: τορὸν γὰρ ἥξει σύνορθρον αὐγαῖς, quae verba Hermannus sic explicat: orietur cum luce solis eventus: soli praeterea similis est lux facis in. Ag. v. 273; haéc ipsa autem in v. 283 comparatur cum luna montes superante; ἡ ὄπωρα porro vocabulum proprie dictum de tempore frugum maturescentium transfertur ad iuventutem in Suppl. v. 967 et 983. Quae omnia multo sane antecedit eximia illa stellarum descriptio in Agamemnonis fabulae primis versibus. In universum Sophocles, ubicumque lucis vel caliginis mentionem fecit, insignis est quadam subtili cogitandi ratione et in earum vim penitus insinuasse videtur, ita ut imagines non tantum dulcem motum animis afferant, sed potius eos modo ad spem excitent, modo praecipites ad summum terrorem ferant. Itaque recte Muellerus l. l. p. 17, de hac re disserens dixit: „Jenem (dem Sophocles) ist die nacht das bild des unschuldigen, ahnungslosen menschen: tiefes schweigen der seele und erhabene ruhe am ziele, wenn der farbenschmuck des irdischen tages stumpf wird und dieselbe allein ist mit gott". Quam vere haec dicta sint, plane cognoscemus ratione habita vel finis illius fabulae, quae Oedipus Coloneus inscribitur; enimvero effingitur Oedipus in luco ipsius Noctis filiis sacro quietem sibi paravisse; vel Aiacis precantis Orcum, quem quasi lucem suam advocat. Sophoclis artem hac in re Aeschylum non modo non implevisse, sed etiam lucis imagine gravissima mala vel animum laboribus cruciatum similiaque exprimentem communem tantum sensum secutum esse, vix est quod moneam. Iam vero his praemissis superest, ut singulas translationes proferamus; eiusmodi autem sunt vel nox mortis in Spt. v. 384, noctis umbris velata cura in Ag. v. 439, vel dies miseriae noctem ita excipiens ut ver hiemem. Quo magis securi scelesti homines dies consumpserint et quo feliciores per tempus esse videantur eo vehementius eos in perniciem irruere, docent Choeph. v. 54 et seq. Multa cum arte adhibuit umbram vel caliginem, ut eas deformans modo hominem defunctum vita (cf. Spt. v. 955), modo deum inanem (cf. Hermannum ad v. 299), modo rem nullam (cf. in Ag. v. 1288) exprimeret; et quoniam felicitas atque miseria cum luce et nocte caligineve comparantur, facile est intellectu, quomodo dici potuerit, nebulae instar miseriam domum obtegere. Huc porro referenda sunt tam δάσκιον γενείαδα verba in Pers. v. 311, vel δάσκιοι πόροι cet., quibus significatur res secreta, quam usus translatus vocabulorum ἀμαυρὸς in Ag. v. 445, δνοφερὸς in Pers. v. 531, ὁ σκότος μητρόθεν pro matris gremio dictum in Spt. v. 646 et Eum. v. 656, σκοτεινὸς in Choeph. v. 645, ἐπάργεμος in Choeph. v. 651, ἀχλὺς, quod Aeschylus primus ita tractavisse videtur, ut in eo sit calamitatis vis in Pers. v. 669, ubi legitur στυγία γάρ ἀχλὺς πεπόταται: nigra malorum tempestas appropinquavit cf. Choeph. v. 46—48. In candis Choeph. vers. 796 seq. haeserunt interpretes, quippe quum ob similia vocabula ⟨ et ἰδεῖν, ἐλευθερίως et λαμπρῶς, quae paucis tantum aliis interpositis in libris scripta valde dubitarent, num omnia recte se haberent; quae quum ita sint, iam Herm totam verborum comprehensionem mutilatam esse censuit (cf. eiusdem adn. ad Viger p. ⟨ opusc. I, 115). At quamvis elegantia quadam sese commendent, quae coniiciendo assecutu malumus tamen Aeschylo redundanti saepissime verborum audacia hunc verborum similiu flatum eo libentius concedere, quo magis tota sententia, quae in traditis verbis inest, co cum verborum et rerum connexu, modo statuatur ὀνοφερᾶς vocabulum esse genetivum. verba ita explicanda sunt: Apollo concede Oresti, ut libere et clare oculis suis calam domum Agamemnonis obnubilantem perspiciat. Plures porro inveniuntur translationes verl μέλας et κελαινόω, ut in Sept v. 813, in Choeph. v. 418, in Eum. v. 451, in Suppl. v. Quas imagines non magis mediocritatem quandam, ut ita dicam, superare, quam illas a repetitas, quae in Choeph. v. 18, in Eum. v. 901 inveniuntur, vitam, salutem, diem verbo exprimentes, quisquis concedet; sequuntur enim communem consuetudinem, quum audacis culpa vocetur lux, quae terrorem excitans fulgeat in Ag. v. 372, cf. Soph. Aj. v. 709; on vero apud Aeschylum multis ac variis rebus fulgendi vis attribuitur, vento in Ag. v. aquae in Eum. v. 690 et in Pers. v. 478, testimoniis in Eum. v. 786.

Quum iam quaecumque ipsius naturae res exprimant imagines et metaphorae, attu mihi videar, superest, ut, quod de iis universe iudicandum sit, dicam. Quarum vero copia sub unum quasi adspectum subiicimus, ut rationem earum cognoscamus, elucet, Aeschy quamvis accurate naturam contemplatus sit et cogitatione perpolitas imagines, illam exprimel effinxerit, maxime quidem excellere earum audacia, multo vero vinci a Sophocle, qui sciv cuiuslibet generis imaginibus non solum ornatum sermoni addere sed etiam, ut quaeque postulaverit, ita auditorum animos modo excitare modo sedare. Neque solum universa tr lationum ratione inter se differunt poetae, sed etiam genere rerum, quas ad depingendas a iudicant. Aeschylus enim in iis tantum versatus, quae virorum studio digna sunt, neg saepissime tenerrima et libentissime sese ad magna, ne dicam, aspera convertit, et quum nino noluisse videatur, subtilitate et blanda illa Sophoclis ratione animos commovere, as natus est sermonem illustrare translationibus, quae mollitiei quandam speciem prae se fer Quamquam igitur facile est intellectu, ea de causa Aeschyleas imagines plerumque calore rentes haud ita accendere auditorum animos neque altiorem rerum comparatarum similitudi assequi, tamen nemo negare possit, quascumque protulerit, plane eas non offendere rectar sentiendi et dicendi rationem; immo omnes aptissimae et ita effictae sunt, ut poeta tam a bitate quam granditate verborum nobilissimo dignae habendae sint. Iam vero priusquam dinem secuti magnum numerum imaginum, quibus poeta expressit hominum vitam accurę perlustramus, obiter attingenda sunt nonnulla verba ab initio quidem significantia res, ⟨ cerni vel tangi possunt, postea vero ex communi dicendi usu translata ad alias infinitas Cuius generis sunt: εὐπετῶς, δορπετῶς, χαμαιπετής, σφάλλω, βαρύς, βρίθω, πίπτω, quod venitur in Suppl. v. 82: πίπτει ἀσφαλὲς οὐδ' ἐπὶ νώτῳ: validi homines non concutiuntur impetu. Quibuscum conferendi sunt Sophocles in Aj. v. 1061 et Horatius in carm. III, 4, vis consili expers mole ruit sua. Multo gravior est frequens librae translatio. Cuius exemį invenitur in frgm. 296, ubi poeta effinxit, Iovem Achillis et Memnonis fortunam sic disceri tem, ut utriusque pretio libra examinato illi victoriam destinaret. Eiusdem comparationis verba ῥέπω (in Suppl. v. 390 τῶν δ' ἐξ ἴσου ῥεπομένων: si hae trutinae eodem pondere rantur), ἰσόρροπος, διχορρόπως ambigue, ἀντιρρέπω, ἐπιρρέπω imponere vel molestum esse, denique ἑτερορρεπὴς, dictum in Suppl. v. 388 de Iove, qui duas lances sustentatas alternatim sidere faciens postremo suum cuique tribuit; Mars vero vocatur eandem ob causam ταλαντοῦχος ἐν μάχῃ cf. Ag. v. 419 et Suppl. v. 791; hic enim libra signum est omnipotentis ac summi dei.

Praeterea transferuntur et quasi in alieno loco collocantur πικρὸς, ὀξὺς, πικραινόω, ἀμβλὺς, κωφός, δριμὺς similia verba. Cum cote hominum pectus laedente comparantur mala a Furiis immissa in Eum. v. 846, ut in eadem cote Fatum novas novorum criminum poenas acuit cf. Ag. v. 1502. At longum est, has translationes omnes afferre, quas nequaquam res accurate exprimere, immo summa tantum rerum attingere pro certo habemus. De rebus inanimis, quibus ne species quidem vitae relicta est, rarissime Aeschylus deprompsit imagines, itaque duas tantum afferre possumus, ferrum et· sordes, quorum priori similis est vel Furia, scelestos homines interficiens vel vir fortitudine excelsus cf. Spt. v. 711; falsati nummi collatione usus est poeta in Ag. v. 372, eo enim exprimitur Paridis vita miserrima atque exsecratione, quam sibi sceleribus commissis optimo iure conscivit, fere combusta; atque similiter sordis similitudinem adhibet ad indicandum hominem detestabilem nefariumque (cf. Prom. v. 887, Spt. v. 327), et pulveris collationem ad describendas maximas divitias, quarum ruinae solem obscurant in Pers. v. 612.

Quo minus hoc rerum genere delectari potuimus, eo maiore voluptate profecto labimur ad eas imagines vel translationes, quae a vita humana repetitae sunt. At tantum abest, ut hoc genus ad faeces usque exhauriamus, ut neglectis curis vulnerantibus similibusque statim veniamus ad artis aedificandi similitudines. Enimvero quanta admiratione dignum esse videtur iuramentum tabulati compagibus firmati instar servatum! (Cf. Ag. v 1157. πῆγμα γενναίως παγέν.) Fictorem vero redolent verba chori in Spt. v. 335: Eteoclem nimis festinantem haud ita accurate et composite, ut deceat, suum pedem conficere; quibuscum comparandus est usus verbi καταρρινέω in Suppl. v. 717. Civium ordines raro tantum ad imagines exprimendas ab Aeschylo adhibitos esse, fortasse iam inde explicari potest, quod longe ab imaginandi facultate remoti, potius mente et cogitatione tenentur, ita ut vix apti esse videantur, quibus exempla hominum et rerum definiantur. In Ag. v. 629 dicitur, ignem et aquam antea sibi infestissima, iam foedere icto sibi invicem fidei pignora dare, perditura Argivorum exercitum, et similiter in Eum. v. 130 inducuntur somnus et labor coniuncti, ut Furias superent. Similitudinis vero alterum genus genuit poeta collatione dominorum et stellarum, quae tempora quasi suos servos dirigant in solio ipsae sedentes, cf. frgm. 250, ubi Sphinx vocatur canis dominatrix vel Pers. v. 747; illuduntur enim conata Xerxis audentis, Hellespontum quasi servum suum vinculis strictum tenere. Atqui servus miserabilis, quippe flagellam timens, simillimus est gallo alas subtrudenti cf. frgm. 462. Simili modo non solum equi vel asini vel boves, sed etiam calceus servi sunt. Multo audacius in Ag. v. 709 dictum est, miseriam Atridarum domum pervastantem atque evertentem esse quasi sacerdotem a deo immissum. In numerum vero proverbiorum adscribere, quod in Ag. v. 36 legitur, qui secreta eloqui vel nolint vel nequeant, eos ianuarii officio fungi, equidem vix dubito, praesertim quum eadem collatione etiam Sophocles in Oed. Col. v. 1052 usus sit, quocum cf. Aesch. frgm. 379. Praeterea in Ag. v. 970 narratur, morbum vicinum esse valetudinis uno pariete tantum ab ea separatum. Qua in similitudine saepius versatum esse poetam ostendunt Ag. v. 1612 et Choeph. v. 720. In priore enim fames contubernalis tenebrarum vocatur (apud Sophoclem Clytaemnestra dicit: βλάβη ξύνοικος ἦν ἐμοί cf. El. v. 785), in posteriore vero haec leguntur: λύπη δ᾽ ἄμισθός ἐστί σοι ξυνέμπορος, ita ut facile sit intellectu, obiter tantum rationem, quae inter sodales esse soleat, attingi. Magis certe cum nostro sentiendi ac cogitandi modo congruit, si in Spt. v. 916 chorus gladium discidia

inter fratres exorta his necatis componentem appellat hospitem, qui ab Oedipo sibi ma
probe exegerit, vel si eidem arbitri officium tribuitur in Spt. v. 883. Difficilior explicatu
est Ag. v. 57 maxime ea de causa, quod de verbis τῶνδε μετοίκων valde dubitandum est,
ad praecedentia pertineant, ita ut questum de raptis pullis exprimant, an imagine quodam
interrupta cum sequentibus coniungenda sint. Postquam igitur interpretes de hac ver
comprehensione diutissime disputaverunt, Hermannus litem, ut equidem puto, diiudicavit a
tiens sententiae eorum, qui putant, his verbis sequentia ad priora quasi annecti, et a
suo foetu orbatas μετοίκους appellari, id quod eo aptius videtur, quoniam μέτοικοι voc. p
significat eos homines, qui domicilio suo privati sunt et postea demum ad genus illud inco
translatum est. In tanta varietate similitudinum vix mirari possumus, si interdum
imagines repetitae sunt a vestimentis, quibus nuntiis quasi ac praeconibus homines uti so
ad indicandum suorum animorum habitum. Inde factum est, ut nigro vestimento quasi
eretur Furiarum iter, per obscura ferens et scelestos luctu afficiens cf. Eum. v. 367 et F
v. 22. Verba δνοφερὰ καλύπτρα in Choeph. v. 798 varie interpretantur viri docti; Herm
enim videntur de tumulo, Schuetzio de miseria esse dicta. Tumulus vero in Ag. v. 839 v
tur amiculum triplex ex lege illa praecipiente, ut cuiusvis cadaveri tres glebae iniicia
Paucae tantum, quoad video, supersunt imagines, quae, quo longius a ceterarum ratione
sunt, eo magis nos delectant, quippe quum redoleant Sophocleum illud dicendi genus ins
non minus subtilitate quam sublimitate, qua optime cogitata ita exprimuntur, ut auditorum a
vere recreentur. Etenim quem non delectaverit oraculum nos ipsos adspiciens eo modo, quo
ceat sponsam per vela pavide suspicientem in dilectum desideratumque sponsum? cf. Ag
1138. Neque minoris est comparatio (in Choeph. v. 62) virginis virginitate privatae cum ca
cuius utriusque nullum sit remedium. Cognatus vero appellatur fatalis ille crinis, qui in
pulcro Agamemnonis invenitur (cf. Choeph. v. 222); tamquam avus salutatur lux in Ida m
exoriens, cui flammae per omnes insulas accensae succedunt in Ag. v. 296. Aliae imag
vero, quales sunt superbia impietatis filia in Ag. v. 453 vel pulvis sordis frater in Spt. v.
sine dubio Aeschyleae audaciae condonandae sunt. Postquam iam congessi, quascunque a
Aeschylum invenire potui imagines et translationes, superest, ut quae disperse. et diffuse d
sint, unum in locum cogens atque unum sub adspectum subiiciens, breviter atque strictim
ponam, quid in universum de Aeschyli figurata elocutione iudicandum sit. Apparet autem,
redundare quasi imaginibus et similitudinibus admiratione dignissimis, quippe quum non mi
audacia quam ut ita dicam, perspicuitate insignes sint. At tantum abest, ut ab omni p
perfectae sint atque perpolitae, ut raro se insinuent penitus in comparatas res, immo sa
negligant gravissima, quae inter utramque rem intercedant. Unde sequitur, ut omnia ita
expressa, ut nobis videamur quidem ea cernere et paene tangere, at ab altera parte imagi
obiter tantum rerum similitudinem attingentes haud ita animos nostros percutiant; neque e
in mente nostra considunt quasi, neque cam habent vim, ut, quaecumque in iis sint sentent
eas probas ac iustas esse omnino nobis persuasum sit. Quae quum ita sunt fieri non pot
quin, quamvis magna earum pars nos delectet et sermonem illustret ornetque, eaedem tamen pler
que, quippe vitiosae et altius repetitae, auditorum animos quasi refrigerent et quamvis ef
vescentibus verbis usus sit poeta, tamen illae neque in ipsius animo impressae neque inu
studia nostra vix accendant. Atqui in Aeschylo inesse videtur, ut magis audacioribus et as
rioribus verbis perturbans animos, eos a scelere et prava cogitandi vivendique via deterr
quam ut lenissimam Sophoclis rationem secutus ad meliorem vitae modum eos perducat. Ideo
quod fabularum suarum ratione prorsus petierit, id quoque in sermone et in hominibus, q
loquentes induxit, eum persecutum esse facile intellectu est. Neque est, quod denuo expon

aximam imaginum partem deformare res, quas aut ipse per vitam cognoverit aut sui ipsius
equales, quae eorum erat vitae ratio, quotidiano quasi usu cognitas habuerint. Apparet
utem Aeschylum, quaecumque inter illas intercedant similitudines, accuratius perspicere
spernatum, et curtam similitudinem arripientem perfectam et plenam contemplari omi-
isse. Et quidem plerumque in aspera tantum animum intendens in iisque deformandis maxime
ersatus inde decerptas imagines adhibuit ad spectatorum animos frangendos, valde abhorrens
Sophocle, quippe qui etiam verborum ornatu vel asperrima quaeque ad suum modum revocare
tuduerit. Quae iam Aeschylei sermonis acerbitas verborumque audacia, ne dicam, negligens
icendi usus, gravissima signa sunt et notae, quorum ratione habita Aeschylo Asiatica illa dictio
ttribui potest; eadem vero respiciens iam Quintilianus (X, 1, 66) eum grandiloquum interdum
d vitium appellavit.

Corrigenda.

2 v. 21 legas: in iis quoque, p. 3 v. 29 l. ἐτελέσθη, p. 5 v. 35 l. navi, p. 6 v. 38 l. quantumvis, p. 11
v. 16 l. dicto, p. 14 v. 39 l. fere.